Fan
ファン文庫
TearS

同窓会であった泣ける話

JN131125

株式会社 マイナビ出版

TearS

CONTENTS

違う窓から来た男

杉背よい

喫茶店に入った幸也《ゆきや》は、待ち合わせの相手を探していた。同じように相手も幸也を探していたのか、席から立ち上がると「こちらです」と笑顔で手を振る。

「いよいよ今日が来てしまいました……」

幸也は緊張しながらも無理に微笑《ほほえ》んだ。担当者である五島《ごとう》さんは気さくに笑って幸也に席を勧めた。

「この日までたくさん努力されましたからね。きっと大丈夫ですよ！」

頑張ってくださいね、と五島さんに背中を押される形で幸也は喫茶店を出ると、すぐ目の前にある立派なホテルへと足を向けた。

幸也が向かったのはホテル内のフレンチレストランだった。幸也は息を吸い込み、会場へ向かう。華やかなレストランの中で催されていたのは、幸也が卒業した高校の同窓会だった。

――僕は、今から高校時代の新藤《しんどう》幸也になりきる。

幸也は端《はた》から見れば少々奇妙に見えるであろう決意を固めた。

今から遡ること二年前、幸也は大学の先輩と出かけたツーリングでカーブを曲がり損ね、大きな事故を起こしてしまった。誰かを巻き込まなかったことだけは幸いだったが、幸也自身が命に関わるような重篤な状態になり、一年間の入院を余儀なくされた。そして意識が回復してみると、幸也は愕然とした。事故以前の記憶が、高校時代から事故の直前まですっぽりと抜け落ちてしまっていたからだ。

幼い頃の思い出や両親の顔はわかる。しかし、高校から現在までに知り合った友達の顔や名前、過ごしてきた思い出の数々をすべて忘れてしまっていた。

「大丈夫か」「助かって良かった！」

面会謝絶状態だった幸也が人と会える状態になると、友人たちがこぞって見舞いに来てくれた。しかしどの顔にもまったく見覚えがなかった。皆、幸也の無事を喜んで、涙を流してくれる人もいた。だが当の幸也は他人事《ひとごと》のようにその光景を見ていた。

――以前の僕は、結構友達が多かったんだな。こんなにたくさんの人が来てくれて、しかも泣いてくれる人までいるなんて……。

幸也がぼんやりしていても、友人たちは「体調が万全ではないのだろう」と考えたのか詮索しなかった。そのうちに、特に親しかったと思われる高校時代の友人たちの話題に「楓《かえで》」という女性の名前がしばしば登場することに幸也は気付いた。

「楓も来てくれてたんだな！　よかったじゃないか」

「楓？　あ、ああ……楓、ね」

幸也は笑ってごまかした。見舞いに来てくれた友人たちの中には、確かに女性の姿もあった……ような気がする。しかしどの顔も同じように見えてしまい、幸也は「楓」を認識できていなかった。

「幸也、楓のこと好きだったもんな～！」

「そうそう！　幸也は楓一筋って感じで」

――そ、そうなのか。

友人たちが妙ににやついて話す間も、幸也は完全に新しい記憶として聞いていた。彼らの話によると幸也は三年間、「楓」という同級生の女子に片想いをし続けていたらしい。周囲にもそれは知られている事実で、どうやら幸也は卒業間際に告白をしたらしい。それらはすべて伝聞で、自分自身の過去なのに思い出せないのが幸也には空しかった。

――それで、告白の答えはどうだったんだろう。

悪いけど、皆の顔も名前も全然覚えていないんだ……と打ち明けることも憚《はばか》られ、幸也は当たり障りのない笑みを浮かべて話を合わせていた。

しかし「楓」という存在は妙に心に引っ掛かっていた。退院した幸也は高校時代の卒業アルバムを開いて、「早乙女《さおとめ》楓」を確認した。ついでに見舞いに来てくれた友人たちの名前と顔も確認したが、楓だけには不思議な懐かしさを感じた。幸也にはいくつか疑問が浮かんだ。

告白した結果はどうなったのか。告白が失敗だったとして、楓は何故自分の見舞いに来てくれたのか。楓への片想いが原因で高校時代の思い出を封印したいぐらいショックを受けたという可能性はないか――。

日記や手紙が残されていないか部屋中を隈なく探したが、過去の幸也にはそのような習慣がなかったらしい。何も証拠は残されていなかった。失恋のショックで楓にまつわるものを全て消去してしまったのかもしれないが……謎は深まるばかりだった。

そんな折、二十歳《はたち》になった幸也のもとに高校の同窓会の報せが届いた。「体、元気になったか？　顔見せに来いよ」と同窓会の幹事からメッセージが添えられている。幸也はしばしそのメッセージを見つめてから出席を決意した。

——三ヶ月後か。

スマホのカレンダーを確かめて、幸也は予定を入力した。楓本人が現れたら直接聞く。もし、楓がいなくても高校時代の自分の断片を自分の手で集め直したい。何かをきっかけに記憶が蘇ることもあるはずだと幸也は考えた。

こうして、記憶をなくしたことを隠して同窓会に参加することを決めたのだが、誰かの助けを借りる必要を感じた幸也は、協力を頼めそうなところを調査し、同窓会やイベントを企画、コーディネートする会社「メモリーノーツ」の存在に辿り着いた。幸也は早速コンタクトを取り、担当者に会って事情を説明した。

高校時代の記憶がまったくないのだが、それを隠してうまく当時の記憶があるという体《てい》で出席したい。高校時代の記憶を復習する手伝いをしてもらえないだろうか。幸也はできるだけ不審感を抱かれないよう、丁寧に説明した。

担当の五島さんは、幸也の申し出を聞いて即答はしなかった。

「うーん……そういう案件は……正直のところお受けしたことがありません」

難色を示している様子の五島さんを見て、幸也は諦めかけた。しかし五島さんは「ですがお話を伺って微力でもお力になれれば」と承諾してくれたのだった。こうして幸也は五島さんと二人三脚で同窓会参加へのシナリオを作り始めた。

五島さんが幸也の高校時代を徹底的に調べてくれ、友人関係や部活、恩師などの人物表を写真入りでファイルにまとめてくれた。続いてエピソードを調査し、年表にしてくれた。自分の三年間の出来事を年表で見るのは貴重な経験だった。「体育祭、リレーで三位の成績を収める」「修学旅行、自由行動で班から離れてしまった友人をどこまでも捜しに行き、自分もはぐれる」などというエピソードを一つ一つ、テスト勉強をするような気持ちで覚えていった。記憶はやはり曖昧《あいまい》で、まとめられたファイルを見ていても何の感慨もわかない。ただ、「楓」という文字や楓の写真を見た時だけは、心のどこかが疼《うず》くような温かくなるような不思議な心持ちになるのだった。

こうして試験勉強（自分の過去についてだが）を完璧に行った幸也は「これで文句なく卒業です」と五島さんに太鼓判を押されるほど、自分の過去を機械的にだが補完することに成功していた。

同窓会当日に話す内容も、五島さんと相談して決めていた。この話を切り出されたらこう答える。部活関係の仲間にはこの話題に重点を置く。困った時には自分からエピソードをぶち込み、相手の反応に賭ける……などなど。

幸也が緊張した面持ちで受付を済ませると、心の準備をする暇もなく次々と同級生たちに声をかけられた。幸也はここぞとばかりに笑顔を作った。

「元気そうじゃん！　幸也」

「ああ……おかげさまで……」

これは同じクラスの――反射的に幸也の頭の中に五島さんが作成してくれた

ファイルのページが浮かび、その情報を呼び出して無難な会話をした。

そうしてやってくる同級生たちを何とか攻略しながら、幸也はそれとなく楓の姿を探していた。

――まだ来てないみたいだな。お見舞いの時も名前が出たし、聞いてみるか。

「なぁ、楓って今日来るのかな……」

勇気を出して同級生に訊《たず》ねると、何故か落ち着かない雰囲気になり「ああ、もうすぐ来ると思うけど」と言葉を濁された。それで何となく過去の楓との関係性が見えた。だから幸也は周囲を気遣わせては申し訳ないと思い、それっきり楓のことを訊ねるのはやめた。

――しかし、昔の僕は……ずいぶん人付き合いがよかったんだな。

皆が見舞いに来てくれた時にもそう思ったが、ひっきりなしに話しかけられて幸也は休む暇もなかった。記憶を失ってからの幸也は、いたってクールな性格になっていた。あまり感情の起伏がなく、何かが起こっても心が波立たない。表情も喜怒哀楽に乏しくなってしまった。だが、高校時代の幸也はどちらかと言えばお人好しで、多くの友達に慕われていたようだ。どうりで思い出エピソードも関係する人物も多いはずだ……と幸也は納得した。アルバムの中の幸也もいつも笑顔だった。その笑顔を見ると、幸也は何か重大なものを過去に置いてきてしまったような気持ちになるのだった。

――ひょっとしたらもうちょっとテンションが高いほうがいいのか？

そう思って幸也が声を張ると、友人たちは驚いた反応を示す。元気過ぎるキャラ、というわけでもないらしい。周囲の様子を見てキャラクターの微調整を行いながら、幸也はどうにかそこまで不審がられずにその場の会話を続けた。たまに五島さんのファイルに載っていないエピソードが飛び出すと、幸也は「そんなこともあったかな」と笑って済ませた。

そうして一時間ほど会場で過ごした頃、周囲がざわつき始めた。何気なく皆の視線の先を見ると、そこには卒業アルバムで何度も見た――当時よりは大人びた姿になった楓が立っていた。楓の周りだけ、空気が違っているように見える。

「来た」と、幸也はにわかに緊張した。楓はメイクをし、卒業アルバムの写真よりも髪が少しだけ短くなっていたが、雰囲気は変わっていない。自分の意見を躊躇《ちゅうちょ》することなく言えそうな、まっすぐな気性という感じがした。当時の幸也はそんな楓の凛とした雰囲気に惹かれたのだろうか……うまくは言えないが、現在の幸也も楓に好感を持った。

――どうしよう。告白はしたって言うけど、気軽に話しかけていいのか……。

幸也が迷っていると、楓が幸也に気付き、まっすぐに歩いてきた。幸也は大いに動揺したが、できるだけ平静を装った。

「もう普通に大学に行ってるの？　思ったより元気そうだね」

「うん。今はすっかり……元に戻ったよ」

――うわ、思った以上にフランクな感じなんだな。

楓は何のためらいもなく幸也に話しかけ、幸也はそれに答えた。しかし、一言発しただけで楓は口をつぐみ、じっと幸也を見つめた。

「何か……新藤くん、感じが変わったね」

いきなり本質を見抜かれ、幸也は言葉に詰まる。

「そ、そうかな……」

「別人になった感じ……外側はそのままだけど、中身が違う」

じっくりと見つめられ、幸也は冷や汗が出た。何も悪いことをしていないはずだが、皆を騙《だま》してここに立っていると指摘されたような気がした。

「まぁ、あれだけ大きな事故だったんだから……当然変化はあるよね」

楓が同情するように微笑むと、幸也の口から勝手に言葉が飛び出した。

「実は僕、何も覚えていないんだ。事故に遭《あ》ってから、何故か高校時代から今までの記憶がすっぽりなくなってて……でも、僕を心配してお見舞いに来てくれた友達に全部忘れたなんて言えなくて、高校時代のことを勉強し直したんだ。過去の自分に起きた出来事を頭に叩《たた》き込んで、今日ここに来た」

一息に言う幸也を、楓は呆気《あっけ》に取られた顔で見ていたが、少しの間があった後、おかしそうに笑った。笑われるとは思っていなかった幸也は驚いた。

「……そうだったんだ。だから、感じが変わったんだね。でも、さっき中身が別人みたいって言ったけど、中身はやっぱり新藤くんのままだった……」

「え……？」

聞き返す幸也に、楓は微笑みながら頷《うなず》く。楓はとても嬉しそうに見えた。

「新藤くんは昔から、自分よりも他の人を優先する人だった。その中身は変わってないよ。新藤くんに助けられた人がたくさんいた。だから皆、新藤くんを慕ってる」

楓に言われ、幸也は自然に目頭が熱くなってきた。褒《ほ》められているのは過去の自分なのに、一気に白紙になってしまったその時間が無駄ではなかったと思えた。知りたくない結果も受け止めるつもりだった幸也の心は温かくなった。

「でも全部忘れたってことは……私のことも忘れちゃったんだよね」

次第に楓の声が小さくなっていき、幸也は当初の目的を思い出した。

「あの……僕、早乙女さんに……告白したんだよね……。ごめん、どんなふうに告白したかは覚えていないんだ。でも、その事実は皆に聞いてる」

幸也は勇気を振り絞った。告白はすでにしてしまっているのに、再び告白をする気分だった。

「それで申し訳ないけど、どんな返事をもらったのかをどうしても知りたかったんだ。今まで交流がなかったってことは大体結果はわかってるんだけど、はっきり知りたくて。今日ここに来た大きな目的が、それなんだ……」

楓は幸也の話を聞きながら大きく目を見開いたが、再び穏やかな表情に戻る。

幸也は落ち着かない気持ちで楓の次の言葉を待った。

「そっか……やっぱり忘れちゃってるのか。実は結果は、まだ話してないんだ」

楓は少し申し訳なさそうに俯《うつむ》く。幸也が驚いて聞き返すと、楓はゆっくり順を追って話をしてくれた。高校卒業を目前にした時期に、幸也は楓に告白した。

だが、楓はその時は答えを出すことができなかった。

「楓を困らせるなら、今は答えはいいよ！」

当時の幸也はそう言って、笑って走り去ったのだと楓は言った。

――僕はそんなことを言ったのか……。

幸也はそのときふと、笑いながら慌てて逃げるように去る高校生の時の自分の姿が目に浮かんだ。

「それから私、じっくり考える時間をもらって、大学に入った時にもう一度新藤くんに電話したんだよね……」

幸也は驚き、小さく声を上げる。「でも」と楓は言い淀み、再び言葉を続ける。

「いざ伝えようとしたら妙に緊張しちゃって、電話なのに私、黙っちゃって……その時も結局雑談しかできなかったんだ」

頭を下げる楓を見て、幸也の脳裏に一筋の閃光が走る。電話をしている過去の自分の姿が見える。幸也の口がわずかに開き、勝手に言葉が出てきた。

「電話くれてありがとう。またみんなで遊ぼう……」

すると、楓の目から大粒の涙がこぼれた。幸也も驚き、思わず自分の口に手を触れる。頭の中に浮かんだ映像が、幸也の心を揺さぶった。

「……って僕、言ったよね」

楓は泣き笑いをしながら大きく頷く。幸也はその時の自分の気持ちをはっきりと思い出した。告白の返事を聞くのが怖かった。だからそう言って終えるしかなかったのだ。しかしわざわざ電話をくれた楓への感謝の気持ちは伝えたかった。弱気な自分をもどかしいと思いながら――。

「今頃遅すぎるけど……答え、伝えてもいいかな。私、新藤くんのそばにいたい。忘れていることは一緒に辿りたいし、新しい思い出も作りたい」

楓は恥ずかしそうに言い、「つまりそういうことだから」と笑った。

「それ……オーケーってこと……」

言いかけた幸也の続きを楓は大きく頷くことで遮《さえぎ》る。何度も言わせるな、というように。それまでぎこちなかった幸也の笑顔が自然にゆるみ、ほどけていく。過去は取り戻せなくても、新しく作ればいい。楓の言葉が胸に沁《し》みた。

「新しい思い出……作れるかな」

幸也が訊ねると、楓は嬉しそうに、しかし力強く微笑む。幸也は思い出を取り戻しに来たはずだった。しかし、今の幸也には未来への希望ができた。

楓の言葉に泣きそうになった幸也は、それ以上の笑顔で上書きした。

「大丈夫。大事なものは、なくしてない」

同窓会であった泣ける話

鳩見すた

片瀬藍《かたせあい》の片思い相手は、シュートを打った男子ではなかった。

高校に入学して、最初の体育の授業。女子はソフトボールだったが、片瀬は自チームの応援そっちのけで男子のサッカーを見ていた。

チームメイトに囲まれる、ゴールを決めた男子。

そんな祝福の輪から離れ、小さくガッツポーズをするひとりの少年。

橘《たちばな》は得点にこそからまなかったが、自陣から六十メートル近くも走って相手ディフェンダーの注意を引きつけた。

サッカー部員でもなんでもない、クラスでも目立たない地味な男子。そんな橘の献身的なプレーと謙虚な喜びかたを見て、片瀬はこっそり恋に落ちた。

橘のよさを知っているのは自分だけ――。

そんな思いはささやかな優越感になったが、一方で恋のライバルがいないという慢心にもなった。クラス替えのない学校だったので、片瀬は三年生になっても橘を遠くから見ているだけだった。

それを後悔したのは、卒業前の十二月。

橘に彼女ができた。同じクラスの黒木《くろき》はギャル系で、真摯《しんし》な少年にはまるで似つかわしくない。黒木のせいかはわからないが、橘は受験に失敗した。自分が先に告白していたらと、思わずにはいられなかった。

そんな苦い片思いから十年。片瀬も年相応の恋愛を経験したので、いまだに橘が忘れられないということはない。しかし近日オンライン同窓会が開催されると知ったとき、片瀬はまっさきに橘のことを考えた。

橘は、片瀬がずっと片思いをしていたことなど知らないだろう。

それを十年越しに知ったら、彼はいったいどう思うだろうか。

＊＊＊

例のはやり病《やまい》のせいで、「飲み会」という文化が下火になった。

代わりにオンラインのコミュニケーションが活発化して、遠方の友人やかつての同級生との「再会」がトレンドになっているらしい。

それを知った橘は、なんの気なしにＳＮＳを検索してみた。

すると自分の卒業年のクラスが、同窓会を企画しているのを見つける。

主催者への返信を眺めていると、片瀬藍が参加を表明していた。

高校時代の橘は、ずっと片瀬を遠くから見ていた。見ていただけで話したことは一度もない。けれど卒業してからも、恋愛映画を鑑賞した際や街角の恋人たちを見たときに、ふっと片瀬の横顔を思いだす。

それを人は未練と呼ぶのかもしれないが、未練を抱えたまま生きていくのが人生だ。そう思っていた。

橘がずっと片思いをしていたことなど、片瀬は知らないだろう。

それをいまさら伝えたところで、きっとなにも変わらない。

＊＊＊

片瀬はオンライン同窓会の利点を見つけた。

なにしろディスプレイの中の橘を熱く見つめても、自分が誰に視線を送っているか、十二人もいる参加者たちには絶対にばれない。

二十代も後半になり、居並ぶクラスメイトは相応に歳《とし》を取っていた。しかし久しぶりに見た橘はあの頃と変わっていない。謙虚な物腰。笑うと閉じたようになる目。ずっと橘を見ていた片瀬だけにわかる不変だ。

参加者にギャルの黒木はいなかった。クラスでも浮いていたし、同窓会なんて興味もないだろう。橘ともすぐ別れたに違いない。

「今日のテーマっつーか、『同窓会であった泣ける話』なんだけど」

画面の中心で、会の主催者がしゃべっている。

「俺が仕事帰りに飲み屋に入ったら、中学のときの同級生が五人くらいで飲んでたんだ。『おう、偶然』なんて言ってたけど、あれたぶん、俺抜きでやった同窓会の二次会だ」

主催者の発言で、みんなが「泣ける」と笑っていた。

橘も目を閉じ笑顔を浮かべていたので、片瀬もお愛想《あいそ》で笑う。

オンライン会議アプリは同窓会に向かない。みなが三々五々にしゃべるということができないので、声が大きい人の話を聞くばかりだ。

おかげで片瀬も橘も、まだひとこともしゃべっていない。

橘がいまなにをしているのか。もう結婚したのか。そうした情報を知りたいのに、主催者は話を回さず自分ばかり語る。

「だから今回は、ハブられないように自分で主催したんだ」

また主催者が笑いを取った。今日はこのまま終わってしまうのか。

＊＊＊

主催者の『同窓会であった泣ける話』を、橘は全力で笑えなかった。

自分から声をかけなければ、橘は今日の同窓会に呼ばれなかっただろう。高校時代から目立つほうではなく、友人もさしていなかった。

「だから今回は、ハブられないように自分で主催したんだ」

主催の男もクラスの中心人物ではなかったが、今日はこんな風に率先して会を盛り上げようとしている。

そのやる気は素晴らしいが、できれば周りにも配慮してほしい。もう会が始まって三十分近くたつが、片瀬の近況どころか声も聞けていなかった。

これではオンライン同窓会というよりも、声の大きい生徒だけが話すホームルームと同じだ。どうにか流れを変えられないものか。

「みんな会うのは久しぶりだし、軽い自己紹介と近況報告をしませんか」

そう切りだしたのは、意外にも片瀬だった。

「あれ。片瀬さんって、そんな仕切るキャラだったっけ。つーか、コンタクトにしたんだ……へえ」

橘も主催者と同じ疑問を持った。

学生時代の片瀬はおとなしく、うるさい教室でひとり静かに本を読んでいる生徒だった。クラスメイトと距離を置いているわけではなかったが、喧噪《けんそう》の中で片瀬の周囲だけは空気の流れが違っていた。

それでいて、ふっと窓の外を見るときの横顔は素朴だった。難しいことを考えず、ただ「見ている」という雰囲気で、なんとなく猫を彷彿《ほうふつ》とさせた。

こんな猫と静かに暮らしてみたい――。

橋の片思いは憧れではなく、理想の人生を求めることに近かった。

「仕切るっていうか、みんなが話せたほうがいいかなって……」

片瀬がうつむき視線をそらす。いい歳をした大人から「キャラ」うんぬんなんて話が出たのは、参加者の中身が高校時代に戻っているからだろう。

これ以上のひやかしが始まる前に、橘は勇気を出して声を上げた。

「じゃあ、画面で左上の僕から自己紹介をしますね。橘です。いまはゲーム会社でディレクターをしています。独身です」

＊＊＊

片瀬がささやかな勇気を出した結果、橘が独身であることがわかった。

というか全員独身だったというオチがつき、みなが一斉に盛り上がる。

「三十前だから年齢的にはおかしくないが、十二人もいたらひとりくらいは結婚してそうだけどな」

「今日はきてないけど、友理奈《ゆりな》はこの前結婚したよ」

「吉田《よしだ》とか、成人式で赤ちゃん抱いてたっけ」

みなが好き勝手に話しだし、会議画面はわちゃわちゃになった。収拾をつけるべく主催者が司会に徹し、ようやく話が回り始める。

おかげで片瀬も、ぽつぽつとおしゃべりに参加できた。緊張しつつ橘にも声をかけたが、意外と会話が弾んだのでうれしい。

しかし楽しくなってくると、時間がすぎるのは速かった。

もう午後十一時。明確な終了時間は決まっていなかったので、参加者は自分のタイミングで退出している。橘もいつログアウトするかわからない。

「ちょっとトイレ」

主催者が席を立った。気づけば画面上には三人しか残っていない。

「片瀬さんも、そろそろ寝るよね」

いくらか酔ったのか、尋ねてきた橘の顔は赤い。その手には酒のグラスではなく、コーヒーの入ったタンブラーを持っている。

「私は……もう少し、橘くんと話したいかな」

自分の顔も赤いだろうかと、片瀬はグラスの梅酒を飲み干した。

「僕と？」

橘の視線が動く。残っているもうひとりの参加者を見たのだろう。彼はうつむき目を閉じているので、たぶん眠っているはずだ。

タイミングがきてしまった。片瀬は三年分の後悔を勇気に変える。

「私ね、ずっと橘くんのことが好きだったんだよ」

「……僕を？」

ほんの一瞬、橘は気まずそうな顔をした。

「うん。高校の三年間、ずっと橘くんを見てた」

「ほら、だから言ったじゃん！」

橋を映していた画面に、ふいに女が入りこんでくる。

「どうもー、片瀬ちゃん。お久しぶり、って、話したことなかったね」

けらけらと笑う顔に見覚えがあった。橋の彼女だったギャルの黒木だ。歳を重ねたはずなのに、あの頃と雰囲気が変わっていない。

「同窓会が始まる前に、橋と話してたんだよねー。こいつって性格は昔と同じでつまんないけど、顔はかっこよくなったでしょ。だから絶対、『昔からずっと好きでした』とか言って、近づいてくる女がいるよーって」

「私はそんなんじゃ……」

「じゃ、いつから橋を好きだったの？　きっかけは？」

黒木に詰められ、片瀬はたじろいだ。

でもこのままではあの頃と同じだと、マイクを通じて思いの丈を叫ぶ。

「一年生のときの、最初の体育の時間！　橋くんが、すごく走ってた！」

片瀬はつぶさに語った。本人となぜか横にいる元彼女を前に、自分が恋に落ちた瞬間を。十年ずっと言えなかった、三年間の片思いを。

「そうだったんだ。じゃあ、あたしより前だったんだね……」

黒木がしゅんとなる。まさかと思って聞き返した。

「もしかして、ふたりはまだつきあってるの？」

「まあ、一応」

黒木が照れくさそうに語る。自分は好かれていなかったから、同窓会に参加したら嫌がる人もいるかもと遠慮したことを。でも彼氏に悪い虫がつくのは許せず、最後に割りこんでしまったことを。その相手が自分よりも先に橘を好きになっていたとは、まるで思わなかったことを。

「ごめんね、片瀬ちゃん。これ百パー橘が悪いよね。独身でも、彼女はいるって言うべきだったよね」

黒木が橘の頰をつねった。橘は痛そうだが抵抗しない。

ふたりの仲のよさを見せつけられた気がして、片瀬は恥じ入った。

「謝らなきゃいけないのは、私のほうだよ」

とっくに別れていると思った黒木は、十年一途に橘とつきあっていた。

片思いではなく両思いだけれど、それでも片瀬よりも期間は長い。

黒木のことは当然だが、自分はずっと見ていた橘のこともわかっていなかったのだと思う。まさに完敗だと、片瀬はグラスを掲げてふたりを祝った。

「うちら結婚するつもりだけど、片瀬ちゃん、呼んだら式にくる？」

「死んでも行かない」

「おっけ。じゃあなんだろ。えっと、ありがとね。話せてよかった」

黒木が画面外に消えると、橘も「ごめんね」と最後まで言葉少なにログアウトしていった。

三年飛んで一日の片思いに、今日やっと決着がついた。

切なくはあるが、泣きたいほどではない。初めてしゃべった黒木も気持ちのいい人だったし、どちらかと言えば笑い飛ばしたい気分だ。

「誰かに、電話しようかな」

つぶやいて会議から退出しようとすると、ふいに声がした。

「待って、片瀬さん」

寝ていたはずの最後のひとりが、顔を上げてカメラを見ていた。

＊＊＊

「ああ、えっと……橘、くん。もしかして、いまの聞いてた？」

片瀬が照れくさそうに聞いてくる。

このクラスには「橘」がふたりいた。姓がかぶると普通は呼び分けるものだが、ふたりは「橘」のままだった。どちらもあだ名がつけられるほど社交的ではなかったし、たぶん下の名前も覚えられていない。当番などでは橘A、Bと表記されたが、どっちがどっちかはみんなあやふやだった。

今日も橘Bは、率先して自己紹介をした以外はしゃべっていない。

橘Aも、片瀬以外とはほとんど会話していなかった。

「聞いてたよ。片瀬さん、ずっと橘Aに片思いしてたんだね」

「ずっと、ではないかな。高校の三年間だけ。だからフラれて当然」

「じゃあ、僕と同じだ。僕も高校の三年間、片瀬さんを見ていた。そしてたったいま、その片思いが終わったところだよ」

片瀬が驚き、すぐに怪訝《けげん》そうな顔になる。

「ごめん。つけ入ろうとしてるわけじゃないんだ。片瀬さんに便乗したっていうか、触発されたっていうか。ずっと片思いでいいと思ってたけど、僕もどうやら未練を残したくなかったみたいだ」

片瀬は失恋したばかりなのだから、こちらが思いを打ち明けても打ち明けなくても結果は変わらない。それでもあふれた自分の本心に橘は苦笑する。

「その言葉、本当だったら共感できるのに」

片瀬が微笑《ほほえ》んだ。あの頃には見たことのない顔で。

「本当だよ。ありがとう。最後に片瀬さんと話せてよかった」

橘も笑顔を返し、ログアウトボタンにカーソルをあわせた。

「待って。私いま、ものすごく共感したりされたりしたい気分なの。橘くんの三年間を教えて。お互いに、赤くなりながら笑おうよ」

片瀬の誘いに抗えなかったのも、本心だろうかと橘は思う。

＊＊＊

オンライン同窓会を主催した長谷川《はせがわ》は、机の下でしくしく泣いていた。

この会議アプリは、部屋を作った人間が退出すると解散になる。長谷川がトイレと言いつつ髪を整えて戻ってきたところ、えらい状況になっていた。

それぞれ失恋したらしい男女が、ふたりだけでなぐさめあっているのだ。

しかも女のほうは、長谷川が目をつけていた片瀬だ。ふたりの男女は意気投合したようで、新しく恋が生まれそうな雰囲気を漂わせている。

長谷川も彼女はほしいが、人の恋路を邪魔するほど野暮ではない。

だから部屋を解散することもできず、イヤホンでふたりの会話を聞きながら泣き笑うしかなかった。

「これがほんとの『同窓会であった泣ける話』、ってね……」

仮面同窓会へようこそ

編乃肌

富野真雪《とみのまゆき》がメールでその『招待状』を受け取ったのは、本格的な夏が近付く七月のある日のことだ。

「『仮面同窓会のお知らせ。皆さんのご参加をお待ちしております』……仮面同窓会って、なに？」

真雪は一人暮らしのアパートで、スマホを片手にパイプベッドに転がりながら、パチパチと瞬《まばた》きをする。仕事から帰ってきてメールボックスを見たら、いつの間にか届いていたのだ。マナーモードにしていたため気付かなかった。

メールの送り主は、懐かしい高校時代の部活仲間だ。今から十年前の青春真っ盛りな真雪は、総部員数が四十人いる、大所帯のパソコン部に所属していた。

運動部より文化部の方に勢いがある高校で、中でもパソコン部は、自主制作のゲームで賞を獲ったり、美術部と合同でデジタルアートを作って新聞に載ったりと、活動が盛んで功績も華々しかった。とりわけ真雪の代は評価され、学年で見ても人数が二十二人と歴代で一番多く、部員同士の仲もとてもよかった。

……ただひとり、真雪を除いては。

「英《はなぶさ》くんは元気にしているみたい」

送り主の名前を改めて見て、ポツリと呟《つぶや》く。

英高雅《たかまさ》はパソコン部の元部長で、とにかく頭がよく、性格も明るくて人望も厚い、カリスマ性あふれる人物だった。高校卒業後は有名大学に進学、噂によるとアプリ開発を主軸にした会社を立ち上げて、経営もすこぶる順調だとか。リリースしたアプリは軒並みヒットを飛ばしているらしい。

(同じ部活にいてもほとんど喋《しゃべ》ったことなかったし、あの頃から雲の上の存在だったけど……ますます遠くなったなぁ)

小さな電力会社の事務員として、隅っこのデスクで毎日ただただ伝票を打つ自分とは、大違いだと真雪は思う。

そんな高雅が提案した『仮面同窓会』とは、彼の会社が制作した新しいコミュニティアプリを使って、オンライン上でやる同窓会のことらしい。

自分のミニキャラのアバターをアプリで作り、トークルームでアバターたちが集まって話す。離れていても参加でき、アバターだから見た目も場所も気にせず、会話は音声ではなくチャットということで、ずいぶんと気軽にみんなが再会しやすい仕様のようだ。

また直接顔が出ないのをいいことに、アバターの名前は匿名にして、思い出話を順番にしながら誰か当てていくゲームをしよう……と。

それらは学生時代から変わらず、常に新しいこと、普通とは違うこと、楽しいことを追求してきた高雅らしい案だった。

（『正体がわからない』っていう点で、『仮面舞踏会』と掛けているのね）

メールの文面の下には、アプリをダウンロードできるサイトに繋がるＵＲＬも記載されていた。同窓会に参加するための招待コードも載っている。

『試しにアプリだけでも使ってみてくれ！　怪しいサイトじゃないぞ！』と、砕けた一言も書かれていて、おそらくは新作コミュニティアプリの宣伝も兼ねているのだろう。こういう抜かりないところも高雅の魅力のひとつだ。

「アバターなら本当に気軽に参加できそうだし、誰か当てるゲームも面白そうだけど……」

どうしようかなと、真雪は悩む。たとえ自分が参加しても、ひとりも真雪の正体を当てられないのではないかなと、物悲しい懸念があった。

真雪はとても内気で、引っ込み思案な性格をしている。幼少期から人と話すことが苦手であり、これまでろくに友達など出来た試しがない。社会人になってからも、会社で基本は一人行動だ。

だけどその性格は、常々変えたいと願ってきた。気のおけない友達もずっと欲しくて、高校の頃にパソコン部に入ったのだって、大きな部活なら友達が作れるんじゃないかと期待したからだ。

だから正直、パソコン部の活動自体にそこまで興味があったわけではない。むしろパソコンを含めた精密機器は、真雪は苦手な質《たち》だ。アプリだって彼女のスマホには最低限しかインストールされていない。

それでも部に入ったからにはと、当時は少しでも知識を取り入れて頑張った。パソコンは特にタイピングが遅かったので練習したし、部の功績には貢献できそうにない代わりに部室の掃除などに精を出した。ただどれも地味すぎる努力だったので、周囲に認知はされていないだろう。

　みんなの輪に加わろうと、思い切って発言したことも何度かある。しかしどうにも上手くいかず、「あの、えっと」「あ、私は……」とボソボソ喋っている間に、相手の関心が逸《そ》れていって、会話が宙ぶらりんになって終わってしまう。やがて心が折れて、部活に参加する頻度もどんどん減っていった。

（こんな影の薄い私のことなんて……みんなは覚えていないよね）

　そもそも話せるエピソードだって限られている。みんなと関わった思い出の少なさにまた打ちのめされた。

　真雪は何度かメールの文面を熟読したあとで、いったんシーツの上にスマホを放り出す。参加・不参加の返事は特にしなくていいそうだ。いざ開催したときに、主催者である高雅にも、誰が参加するのか、そもそも何人参加するのかも、わからないようにしておくという。

（英くんの人望と企画の力で、けっこう集まる気がするけど……もう少し悩んでから、参加するかどうか決めよう）

——それから、日々はあっという間に過ぎて、仮面同窓会が行われる土曜日の夜となった。

真雪は散々悩んだ末、「やっぱり止めておこう」と決めたはずが、当日になってどうしても気になり、サイトにアクセスして気付けばアプリをダウンロードしていた。

そしてチュートリアルに従い、あれよあれよとアバターまで作成する始末だ。

「わ、わりと可愛く出来たかも……？」

ミニテーブルにチューハイの缶とおつまみを並べ、風呂上がりのだらしない格好で、作ったアバターをスマホ越しに眺める。

アバターは3Dで、二等身の人間の姿が基本だったが、動物の姿や、無機物に手や目をつけるような姿も可能だった。素材が多くてどうとでも作れてしまう。そのため、真雪は自分の名前と絡めて、『雪だるま』の姿にした。

部員のみんなは真雪という下の名前など、誰も記憶していないとは思うが、これが自分の正体に繋がるヒントにもなればいいと考えて……。

（……って、私ったら、参加することを前提で作ってない？）

だがここまでしたら、参加しない方がもったいない気がした。真雪は意を決して、メールで以前届いていた招待コードを入力する。すると雪だるまのアバターは、『仮面同窓会』の会場こと、トークルームへと飛ばされる。

スマホの画面いっぱいに広がるトークルームは、背景が学校に設定されていた。どことなく高校のときに、パソコン部が部室として使っていた視聴覚室に雰囲気が似ている。

パーカーを着た男の子のアバター、猫の頭に人間の体がくっついたアバター、ピエロのアバター、ポストに手足が生えたアバター……と、もう二十近くの多種多様なアバターが集合しており、新しく入ってきた真雪に対して『おー！　十八人目！』『参加者はこれでラストかな？』『どうしても予定合わない奴もいるだろうしな』『それでも、これだけ集まるのすごいよ！　ほぼ全員じゃん！』とコメントが飛び交う。

コメントはアバターの上に、ピコンッという音と共に吹き出しが浮かぶ仕様のようだ。そして本当に、アバターだけでは誰が誰だかわからない。

『じゃあそろそろ、同窓会を始めようぜ！』

そう呼び掛けたのは、ベネチアンマスクにマントをつけた人型のアバターで、元コンセプトの『仮面舞踏会』に、もっともピッタリな格好だった。

（あれ？　このマスクのアバターって、もしかして……）

真雪の予想は全員と一致していたようで、代表してポストのアバターが『お前、英だろう！』と指摘する。マスクのアバターは『うわっ！　さっそく当てられたかぁ、主催者の俺が正体隠すのは難しかったな』と、あっさり高雅であることを白状した。

すると早速アバターの下に、『英高雅』と名前が打ち込まれる。正体がバレたら名札をつけるルールだ。

『高雅くん、久しぶり！　もう社長って呼んだ方がいいかな？』

『こんなアプリ作るなんてすごいね。さすが我がパソコン部きっての天才！』

『よっ、社長！　仮面同窓会なんて、相変わらず変なこと考えるよな』

ワラワラと、高雅に対するコメントが集中する。高雅も『ははっ、その変な企画に参加してくれてありがとうな』と、即座にレスポンスしていた。

真雪もコメントを打とうかと指をさ迷わせたが、考えているうちに話題が移り、結局出遅れてしまう。

(対面よりはやりやすいはずなのに……それでも出遅れる私って……)

募る自己嫌悪を誤魔化《ごまか》すように、缶チューハイをちびちびと飲む。その間に高雅は開き直って、堂々と仕切り出していた。

『よし！　ここからは順番にエピソード披露と、人物当てクイズな！　まずはそこのポスト！　元部長命令だ、なんか話せ！』

すると高雅に従い、各々が思い出を語り始める。

『プログラムの完成間近にデータ飛ばして、顧問の峰《みね》センと英にめちゃくちゃ怒られた奴だよ、俺！　マジあの時は怖かった』

『P検の試験日に遅刻しかけたけど、なんとか間に合って見事合格した私のこと、わかる？　みんなにすっごい心配かけちゃってさ』

『三年の夏休みに、集まっていたメンバーで部活帰りに花火したよな？　俺がコンビニで花火買ってきたんだよ！　まさに青春だったよなあ、アレ』

ひとりひとり、すぐに『ああ、データ飛ばしの高橋《たかはし》か！』などと正体がわかっていって、アバターの下に名前が表示されていく。トークルームは和気あいあいとした空気に包まれていた。みんな画面越しでもわかるくらい、とても楽しそうにしている。

だけど、その語られた思い出話のどこにも真雪はいない。コメントもひとつも出来ていない。みんなの輪に入れないのは昔から変わらなくて、惨めで虚しい気持ちが募っていく。

(このまま、こっそりログアウトしちゃおうかな……)

残った缶チューハイはもう飲む気になれず、すっかりぬるくなってしまった。

『じゃあ、そこの雪だるまさん！　次よろしくな』

本気で真雪が逃げの姿勢を取りかけていると、まるで引き留めるかのように、高雅のアバターが短い手で真雪のアバターを指した。一気に注目が集まったのがわかり、真雪の心臓が跳ねる。

（ど、どうしよう……でも、なにか語らなくちゃ……）

一応ひとつだけ用意していたエピソードを、そっとスマホに打ち込んでいく。

『私は手作りクッキーの差し入れを……部室に持っていったことがあります』

あれは、入部したての頃の話だ。その頃の真雪はまだ諦めず、部員と仲良くなる方法を模索していた。

タイミングを同じくして、家に三つ上の大学生の従姉妹《いとこ》が遊びに来ていて、真雪は彼女にそのことを相談した。従姉妹は真雪とは違って社交的で、面倒見もよく真雪の一番の理解者であり、またお菓子作りが趣味だった。彼女が『手作りの差し入れとかしたら、話題が出来ていいきっかけになるんじゃない？』とアドバイスしてくれたのだ。

そして彼女とクッキーを作り、部室に持ち込んだ。バッグから出す勇気がなかなか出なくて、活動時間の終了間際までもたもたしていたが、ちょうど高雅が「なんか甘いものでも食べたいな」と零《こぼ》したことで、真雪はありったけの勇気を出して彼にクッキーを差し出した。「これをみんなで食べてください！」と。

高雅はビックリしながらも、お礼を言って受け取ってくれた。後から思えば、真雪が高雅とまともに関わった唯一の瞬間かもしれない。その時にこそ、いくらでも会話を続けられるチャンスはあったのだが……。

食べた後の反応などが怖くて、肝心なところで真雪は逃走した。渡すだけ渡して、そそくさと部室から出て、家まで走って帰ってしまったのだ。

それでもまた後日、クッキーの感想を聞くなど出来れば、再びチャンスが巡ってきたのだろうけど、この出来事は三連休に入る前の金曜日のことだ。真雪のクッキーの記憶が薄れるには十分な間が空いた。

なにからなにまで、真雪には後悔しかない苦いエピソードだった。

『うーん……クッキーかあ。俺はわからないな』

高雅のアバターが首を捻《ひね》れば、みんなも『誰々？』『わからん！』『クッキーなんてもらったっけ？』と同じ反応ばかりが飛び交う。

（そうだよね。これで当てられる……わけないよね）

諦観の域に達した真雪が、暗い溜息を吐いてスマホから目を逸らそうとしたときだ。『なんてな！』と、高雅のアバターが悪戯《いたずら》っぽく笑う。

『富野さんだろう？　俺は受け取った本人だし、もちろんわかるぞ！　わからないフリしてからかってごめんな。部室で峰センがくだらない冗談言った時、富野さんだけ真に受けていたことがあっただろう？　あれがおかしくって忘れられなくてさ。ついからかっちゃったんだ』

真雪は「え……」と目を見開く。そんなエピソード、真雪の方が忘れていたくらいだ。すると次々に、ピコンッと音が鳴る。

『私も英くんに乗っかってごめん！　クッキーってバターのだよね？　美味しかったよって、感想ずっと言いたかったの！』

『高雅のイタズラ好きにも困ったもんだよなあ、俺も乗っちまったけど！』

『その雪だるまのアイコン、可愛いよね。あ、富野さんの下の名前が真雪だから、雪だるまなの？』

「なんで……みんな、私のこと……」

真雪は動揺をつい口にしていた。その動揺のまま、震える指で『私のこと覚えていてくれたんだ……』とコメントすれば、ピコンピコンッとまた音が続く。

『覚えてるよー！　部活が休みの日とか、たまにひとりで部室の掃除してくれていたよね？　私こっそり見たことあるし』

『タイピングの練習も頑張っていたよな。あんまり話せなかったけど、一生懸命な子なんだなーって思ってた。あと峰センのエピソードは俺も覚えてる！　ついでに騙《だま》されやすい子だよな（笑）』

『二年目から富野さんがあんまり部活来なくなったの、俺ちょっと気になっていてさ。花火とか誘えなくてごめんな。またみんなでやりてぇな！』

真雪はすべてのコメントを受けて、初めて自分はみんなと同じ場所にいたのだと、確かに共有した時間は存在していたのだと、実感した。

（私はちゃんと、パソコン部の一員だったんだ）

じわじわと胸奥から込み上げる温かな感情に、目許が潤み、スマホの画面が見えにくくなる。それでも、どうにかアバターの下にこれだけ打ち込んだ。

『富野真雪』

みんなのアバターがその名前を確認して、誰かが次の思い出話を始める……

仮面同窓会はまだまだ終わらない。

だけど真雪はもう、過去を悔いることもなく、雪だるまのアバターも心なしか優しい顔で笑っていた。

裏切りの同窓会

桔梗楓

願掛けをしないか――。古い記憶は、十二年前のこと。

中学卒業を前に、海外への引っ越しが決まった親友は、僕にそう言った。

「十年後、俺達が夢描く理想の『大人』になっていますように。その願いを掛けて、それまでの間は一切連絡を取り合わない、そういう願掛けをさ」

「……会ってからのお楽しみ、ってやつか？」

僕が訊ねると、親友は「そうそう」と楽しそうに笑った。

「十年後、互いに答え合わせをするんだ。面白いだろ」

中学校の裏山にタイムカプセルを埋めて、唯一の親友は僕に握手を求めた。

「俺は絶対帰ってくるから、その時ふたりだけで、同窓会をしよう」

それは僕と親友が交わした大事な約束。

――けれども十年後に、彼から連絡が来ることはなかった。

別れ際にメールアドレスは交換したから、僕から連絡を取ることは可能だったのに、僕は自分から連絡することができなかった。

彼にとって僕はもう連絡に値しない存在になってしまったのだろう。

そう思い込んだ僕は、自ら彼との友情を断ったのだった。


僕は高梨《たかなし》慎太朗《しんたろう》。二十七歳で、仕事はシステムエンジニア。

多忙な僕の息抜きは、ネットでグループチャットをすることだった。

とあるスマホゲームをきっかけに仲良くなったメンバーで構成されていて、つきあいは五年くらいになる。まだ一度も会ったことのない人ばかりだけど、言葉のやり取りだけでも充分楽しくて、みんな気の置けない仲である。

その日は仕事が早く終わり、僕は電車に乗ってスマホを眺めていた。

定時を過ぎたグループチャットは賑やかで、今の話題は『同窓会』らしい。

『シンくんは、同窓会どうなの〜？』

チャット内で僕に言葉がかけられた。

（ツムギちゃんか。その話題、訊かれたくないから、黙っていたのになあ）

彼女はいつも明朗闊達《めいろうかったつ》。アパレルショップの店長を務めていて、コミュ力が高い。いわゆるムードメーカーで、彼女のいる・いないで、チャットの空気が全然違う。普段もきっと、彼女の周りにはたくさんの友達がいるんだろう。

でも、だからこそ、彼女には僕の気持ちなど理解できないとわかる。

小学生の頃はずっと友達がいなくて、中学でようやくできたけど、十年後には自然消滅してしまった日陰者《ひかげもの》の気持ちなど。

『同窓会は一度も参加したことないな』

どう返事したものかと悩んだあと、そっけなく返すことにした。

ツムギちゃんは、きっと楽しい学生時代を過ごしてきたんだろう。

だからそういうことが訊けるのだ。僕にも当然、それがあるはずだと信じているから。でも残念、僕はあなたと違うのです。

スマホをポケットに突っ込んで電車を降りる。家に帰って、コンビニ弁当を食べながら、片手でスマホ画面を操作した。

グループチャットは長々とログがついていた。僕は上から目を通す。

『ねえ、今度みんなで同窓会しようよ！』

『はあ？　また何を言ってるんですかねツムギちゃん』

『私達が出会うきっかけになった、スマホゲームの同窓会だよ！』

『ツムギちゃん、それは同窓会ではなくオフ会って言うんだよ』

そこまで読んで、僕はくすりと笑う。みんなもここで笑っただろう。

『いいじゃん。あのゲームはサービス終了しちゃったけど、みんなとはなんとなく気が合って今も普通にお話してる。これってすごいことだと思うんだよね。私、ネットで友達作るの初めてだったから、すごく特別に思うんだよ』

まっすぐでキラキラした言葉。僕には眩《まぶ》しすぎるくらい。でも、ツムギちゃんにそう思ってもらえる仲間の中に、僕が入っているのは少し嬉しかった。

『だから、やろうよ同窓会』

『そうだね。もう五年だし、ここらでいっちょ会うのはアリか！』

『幹事を決めないとね。まずは言い出したツムギちゃん。それからもうひとり……』

次のメッセージを見て、僕は「はっ？」と声を出してしまう。

なぜなら『確か、ツムギちゃんとシンくんって同じ市内に住んでたよね。じゃあシンくんも幹事でヨロ。決定！』と、本人の了承も得ないまま、勝手に話がまとまっていたからだ。


——理不尽な幹事を押しつけられて、しばらく後の休日。

僕はツムギちゃんと待ち合わせて、レストランや居酒屋の下見をしていた。

彼女とは初めての顔合わせなので、僕はそれなりに緊張していたけど、ツムギちゃんはやっぱり僕の思った通りの人だった。

溌剌《はつらつ》とした笑顔。オシャレな服。可愛い声。まさに陽キャである。そして僕は完全に陰キャだった。

でも、そんな僕の後ろめたさを吹き飛ばすくらい、ツムギちゃんは明るい。

「お店の下見はこんなものかな。だいぶ厳選できたね」

「うん。ツムギちゃんは疲れてない？　どこかで休憩しようか」

「大丈夫。シンくんは優しいね。チャットのイメージそのままだったよ～」

ニコニコして言うツムギちゃんに、それはこっちのセリフ、と思う。

苦手なところもあるけど、彼女は善人なのだ。だから一緒にいて楽しい。最初は抵抗感があったけど、これなら同窓会も楽しみになってきた。

「シンくん。チャットの時に思ったんだけど、もしかして同窓会にいい思い出がないの？　あまり乗り気じゃなさそうだったから、実は気になってたんだ」

僕はちょっと驚いて、目を見開く。

ツムギちゃんは元気でいい子。でもちょっと他人の気持ちに鈍感。……そんなふうに思っていたけど、誤解していたのかもしれない。

今なら世間話のノリで話せるかな。僕は、少しだけ過去を語ることにした。

――僕には、学校に良い思い出がひとつもない。

答えは簡単。小中高と、ずっといじめられていたからだ。クラスが変わっても、学び舎《まなや》が変わっても、変わらずいじめられていた。

「同窓会に出席したところで仲良く話せる友達もいないし、成人式もそう。だから僕はずっと避けていたんだよ」

「そっか、それは参加したくないよね。でも本当に友達がいなかったの？」

ツムギちゃんが目を丸くしながら、不思議そうに訊ねる。

特に憐憫《れんびん》も同情もない。そんなフラットな彼女の態度に心が軽くなる。オーバーに受け止められて、可哀想《かわいそう》だと言われるよりずっといい。

「ひとりだけいたよ。でももういないんだ」

僕と同じようにいじめられていた同級生。彼だけが唯一、僕を分かってくれる友達だった。けれども、彼にとって僕はもう、いらない存在なのだ。

ツムギちゃんが「どういうこと？」と、首を傾げた。

「中学生の頃、中学校の裏山に、親友とタイムカプセルを埋めたんだ。十年後に同窓会をしようって約束してね。でも、向こうから連絡すると言われたけど、連絡はこなかったんだ」

連絡のなかった理由は、病気やケガなど、いくらでも想像できる。

でも僕はどうしてか、その理由を親友の『裏切り』だと思い込んだ。

「まあ、もう気にしてないけどね」

所詮《しょせん》は子供の口約束。守る義理なんてない。あのタイムカプセルの約束は、きっと遠い記憶の彼方に追いやられているのだ。

僕がそう決めつけていると、ツムギちゃんが突然僕の手を両手で握った。

「じゃ、そのタイムカプセル、今から回収しに行こう！」

キラキラ輝くお目々で何か仰《おっしゃ》ってる。

「はい？」

「気になるじゃん！　むしろ私が気になる。タイムカプセル見てみたいよ！」

「そんな興味津々《しんしん》な顔をして……嫌だよ。どうせろくなこと書いてないし」

内容はすっかり忘れているのだが、どう考えてもためになることは書いてないと思う。するとツムギちゃんは「でも」と困った顔をした。

「中学校の裏山でしょ。誰かに掘り起こされる可能性もあるんじゃない？」

僕はハッとする。それはかなりあり得る話だ。僕の黒歴史と言える中学時代のタイムカプセルが他人に見つかって、しかも中身を読まれたら……。

「す、すみやかに回収しよう。そしてこの手で処分するっ！」

僕がぐっと拳を握ると、ツムギちゃんはノリよく「おー！」と拳を上げた。

十一年振りに訪れた中学校の裏山の手前は雑木林になっていた。僕とツムギちゃんは、草木の生い茂る中を掻《か》い潜《くぐ》って歩を進める。

「木に目印を付けたんだよな。まだあるといいんだけど」

拾った木の枝で周りの木々を払いながら、目的の場所を探す。

後ろからついてきたツムギちゃんが「そういえば」と僕に話しかけてきた。

「シンくんってさ、その、自分をいじめた人のこと……今はどう思ってるの？」

「なんとも思ってないよ」

「許したってこと？」

「まさか。知りたくないだけだよ。もし幸せにしていたら、腹が立つじゃん」

少し笑いながら答える。我ながら心が狭いなあと思ったのだ。

「でも、仕返ししたいとは思っていない？」

「どうだろ。僕はあいつらが全員大嫌いだったし、その気持ちは今も残ってる。けれど、不思議と無関心なんだ。どうでもいいし、顔も思い出したくない」

すると、ツムギちゃんはホッとしたように笑った。

「そっか。やっぱりシンくんは優しいね」

思ってもみないことを言われて、僕は振り向いてしまう。

「だってその人達の不幸を願ってないもん」

ツムギちゃんは穏やかに微笑《ほほえ》んでいた。いつもの明朗闊達な彼女とは雰囲気が違っていて、びっくりしてしまう。

「その人たちを嫌う気持ちは当然だよ。でも、君は不幸になってざまあみろって言いたいような気持ちはなくて、無関心でいようと決めているでしょ」

ツムギちゃんは笑顔のまま、「だから」と言った。

「そういうところは、シンくんの長所だと思うよ」

——本当に、いい人だな、ツムギちゃん。

僕がしみじみ思っていると、ツムギちゃんは顔を上げて、ふと気づいたように僕のうしろを指さした。

「あっ、目印って、もしかしてあれ？」

そちらを見ると、木の枝に赤いビニールテープが括《くく》り付けてあった。

「あっ、あれだ！　まだ残ってたんだ……」

俺は駆け足で近づき、ここに来る前にホームセンターで購入した園芸スコップで木の下を掘る。しばらくすると、カツンと金属に当たる音がした。

「これだ！」

掘り起こす。それはアルミ製のクッキー缶だった。

十二年、誰にも見つからずに眠っていた。結構、すごいことではないか。

「確か、お手紙が入っているんだよね？」

「そう。僕のと、もうひとりの分がね」

かつて友人だったよしみだ。手紙は僕のと一緒に処分しよう。

僕は錆《さ》び付いたクッキー缶をパカリと開けた。

「……あれ？　手紙、一通だけだね」

彼女が言うとおり、手紙は一通しかなく『十年後の高梨慎太朗へ』と書いてあった。間違いなく、中学時代の僕が、未来の僕に宛てた手紙だ。

「もしかして……あいつ、自分の手紙だけ回収したのかな」

そうだとしたら、彼はもうすでに、日本に帰国していることということだ。

それなのに連絡ひとつくれないなんて……。悲しい現実だった。やっぱり彼の中で、僕との友情は終わっているのだろう。

僕は苦笑いしながら、自分宛の手紙を読んだ。

「なんて書いてあるの？」

好奇心いっぱいの表情で、ツムギちゃんが訊ねる。

僕は……答えられなかった。

なぜなら、その手紙には――憎しみと恨みしか綴られていなかったから。

クラスメイトが憎い。一生許さない。絶対仕返ししてやる。十年後のみんなが不幸になっていますように。便せん一枚、そんな言葉ばかりだった。

僕はこんなに病んでいたのだ。いじめに遭《あ》った記憶は残っているが、どうやら憎しみは時と共に薄れていったらしい。

決して消えてはいない。許しもしない。ただ、憎しみは薄れるものなんだな、となんとなく思った。

「ねえ、内容教えてよ」

「うーん。さすがに恥ずかしいから内緒」

ごまかして、手紙を封筒にしまおうとした。

「あれっ、シンくん。封筒の裏側になにかついてるよ」

ツムギちゃんに言われて、僕は封筒を裏返した。するとそこには、確かにメモ帳が張り付けられていた。

『俺は前を向いて歩きたい。どうか君も前を向いて歩いていますように』

忘れもしない筆跡。それは間違いなく、友人の字。そのメッセージを見た途端、僕は彼の気持ちがわかった気がした。

——ずっと裏切られたと思っていた。僕は過去の存在になってしまったんだと落胆していた。でも、違う。……違っていたんだ。

僕も、そして恐らく彼も、怖かったんだ。十年ぶりに会うことが。

このメモの通り、彼は、過去を乗り越えて前向きに生きたいと願っている。

でも、もし僕が変わっていなかったら？　過去を憎む気持ちを引きずっていたら。親友が恐れたのは、きっと『それ』なんだろう。

僕は、友人が変わって、僕を忘れていたらと考えると怖かった。

そして友人は僕が変わっていないことを怖がり、互いに連絡することができなかった。……似たもの同士の臆病者だったということだ。

けれども彼は、メッセージを残してくれた。

いつか箱を開ける僕に向けて『共に前へ進みたい』と伝わるメモを貼り、自分の過去の手紙だけを回収したのだ。僕が変わっていてくれることを祈って。

ごめん。相変わらずの怖がりでごめん。メールで事足りるような簡単なことだったのに、こんなにも怯《おび》えて、連絡ひとつしなかったなんて……笑ってしまうくらいに、自分が情けなかった。

でも気付けてよかった。ツムギちゃんに誘われて、タイムカプセルを開けてよかった。今日という日がなければきっと……僕は、一生開けることができないまま、かつての親友を恨み続けていただろう。そんなの、悲しすぎる。

「ねえ、やっぱり、お手紙にいいこと書いてあったんでしょ」

いつの間にか僕は笑っていたらしい。ツムギちゃんが唇を尖らせていた。

僕は「いいや」と首を横に振る。

「今日、ツムギちゃんが一緒でよかったって思ったんだよ。ありがとう」

お礼を口にすると、彼女はパッと顔を赤らめた。可愛い。

「さて、黒歴史も回収したし、街に戻ろうか」

同窓会のプランの続きを考えないといけない。それから——。

「昔の友達にも、連絡しないと」

僕も、少しは前に進めているよって、話がしたかった。

過去を懐かしむのではなく、未来に向かった話で盛り上がりたい。

改めて、君とふたりで同窓会がしたいんだ。

まわり道をしてしまったけれど、僕は再び君を友と呼びたい。

——君は、僕のただひとりの『親友』だったのだから。

旧姓

溝口智子

「記念すべき六星女子学園《ろくせいじょしがくえん》、第百二十回同窓会のゲストは、在校生の桐島《きりしま》カノンさんです。すでにプロのピアニストとして活躍するカノンさんの素敵な演奏をお楽しみ下さい」

司会に紹介された制服姿のカノンは、優雅にお辞儀してピアノに向かった。カノンのピアノは素晴らしいが、ホテルの広いパーティー会場に集《つど》った卒業生達の喧騒はやまない。卒業したばかりの少女から、数十年前に卒業した元・少女まで幅広い年代の女性が昔話に花を咲かせても致し方ないとも言える。だが、鈴木明日香《すずきあすか》だけはカノンの姿から目を離すことが出来ないでいた。すっと伸びた背筋もショートカットから覗く長い首も、母親の弥生《やよい》によく似ている。

十七年ぶりに顔を合わせた友人達が囁《ささや》き合う言葉が耳に入ってきた。

「私達の時代では、ショートカットなんて考えられなかったわ」

「プロのピアニストだから、特別なのかもしれないわよ」

「特別な方のお嬢さんは、やっぱり特別扱いされるのね」

同級だった弥生のことを「特別な方」と言っているらしいが、明日香にはなんのことかわからない。思わず口を挟んだ。

「あの、特別扱いって、弥生さんのこと？」

「ええ、そうですけれど。もしかして、鈴木さんはご存じないの？　弥生さんが卒業して、すぐに理事長先生とご結婚されたこと」

「理事長先生って……」

驚きすぎてポカンとした明日香を、女性達が揃ってクスクスと笑う。

「驚いたでしょう。あのお髭《ひげ》の理事長先生と女子高校生が恋愛結婚するなんて」

明日香は驚きを飲み込めぬまま、だが納得はした。弥生は誰にも踏み込めない世界を自分の中に持っているような少女だった。

幼稚園から高校までエスカレーター式に進学してきた内部生たちは姉妹であるかのように親密で、高校から入学した外部生は、そこになかなか入っていくことが出来なかった。明日香もそんな内部生に馴染《なじ》めないうちの一人だった。

明日香のクラスには弥生がいた。内部生だというのに、弥生は少女達の輪に入ることなく、いつも一人で行動していた。

特別講義や学校行事などで複数人がまとまったグループを作らねばならないとき、明日香は弥生に付いて回った。二人の会話は徐々に増え、友人と呼べるような親密さを持った。高校一年生の時の話だ。

拍手の音にハッと顔を上げる。思い出に耽《ふけ》り演奏には上《うわ》の空《そら》だった。カノンは拍手を浴びてパーティー会場を出て行く。明日香は思わず立ち上がった。

「鈴木さん？　どうしたの」

「ちょっと、お手洗いに」

旧姓で呼びかける友人にそう言い残し、小走りに会場を抜けだした。

「カノンさん」

速足で廊下を進んでいたカノンが振り返った。駆け寄ると、カノンは眉根を寄せた不機嫌な表情を見せる。

「なんですか。アンコールなら断ってますけど」

「違うわ、そうじゃないの。あ、いえ、素晴らしい演奏だったから、もっと聞きたいって気持ちはあるんだけど、そうじゃなくて……」

言葉がもたついて話が進まない明日香を、カノンは目をすがめて、値踏みするように眺めている。その視線に急《せ》かされて、明日香はやっと本題に入った。

「お話しさせてくれないかしら」

「いいですけど」

「いいの？」

すんなり承諾されるとは思えない緊張感を孕《はら》んだ空気が漂っていたため、明日香は思わず聞き返した。カノンは気にせず歩き出す。

「楽屋、こっちです」

演奏前後の上品さをどこかに忘れて来たかのような不機嫌な様子は女子高生とは思えない迫力で、明日香は恐々とカノンについて行った。

楽屋に使われているのは挙式の着替え用の部屋なのだろう。壁一面に大きな鏡がある。その上部のライトが消されている今、天井の照明だけではどこか薄暗く感じる。カノンは部屋の隅に置かれた重そうなイスを一つ、ずるずると引きずって来た。勧めてくれる気配はなく、カノン自身が腰かけて足を組む。

「座らないんですか？」

「え、ええ。いいわ」

それ以上、カノンが話すそぶりはない。明日香は気まずいまま話し出した。

「私、弥生さんの同級生で、鈴木と言います」

「外部生ですか？」

「ええ、高校から入学したんだけど、なんで分かったの」

「なんとなく、雰囲気で。最近はあんまり外部生いないんですよ。高校から入る子は十人くらい。母の時代はもっと多かったって聞きました」

無愛想かと思いきや、カノンは早口で、会話に乗り気になっている。

「そうね。私達の時は三十人くらいはいたんだけど」

「一クラス分も？　名前覚えるのが大変そう」

内部生にはそういうところがあったと苦い思いに俯《うつむ》いた。自分もなかなか名前を覚えてもらえなかった。よくある苗字だというのに、呼びかけられるときは「ねえ」とか「あの」とか。きっと自分に関心がないのだろうと落ち込んだ。

「それで、鈴木さんの話したいことって、学校のことですか？」

「あなたのお母さんとお話し出来たらって思ったんだけど」

「母は来てませんけど」

「え？　来てないの？」

「気付いてなかったんですか」

「えっと……、あの。娘さんの晴れ舞台だから、いないとは思わなくて」

カノンはプッと噴き出した。

「あれくらいで晴れ舞台って。鈴木さんは私が一年でどれくらいのステージをこなしてるか、もちろん知らないですよね。私になんか興味ないんだもん」

「そんなことないわ」

「じゃあ、私が今日、何曲弾いたか覚えてます？」

「……ごめんなさい」

「怒ってるわけじゃないですよ。母を知っている人の興味は、全部父に向かうんだっていうことくらい、分かってましたから」

「あの、本当に弥生さんは理事長先生と結婚なさったの？」

「そうですよ。母が高校を卒業してすぐ。父と母の年の差は三十九歳です」

明日香は聞き込んだ噂が真実だと知り、納得して素直に頷《うなず》いた。

「鈴木さん、ゴシップの輪に入れてもらえてないでしょ、ピュアですね。六星に毒されていないって言うか」

「毒されるって？」

「内部生って、結局、女の塊じゃないですか。良《い》い子ぶってるけど、人の噂話ばっかり蒐集《しゅうしゅう》して触れ回ってるような子もぞろぞろ。六星名物です。外部生なら、感じてたんじゃないですか」

確かに公立学校で育った明日香は女性だけの社会に馴染めなかった。

「女の子のクスクス笑い、あれ嫌ですよね」

カノンが言っていることを、高校時代の明日香もずっと感じていた。先ほど会場で聞いたばかりの女子校育ちの女性特有の笑い方。上品そうでいて自分達以外を異物だとみなして拒絶する高い壁のようだ。高校に入学したばかりの明日香は、その壁で周囲を塞がれ、動けなかった。

「でも鈴木さんは、内部生みたいな笑い方は全然しなさそう」

それが褒《ほ》め言葉なのかどうかはわからなかったが、明日香は少しだけ気分が軽くなったように感じた。

「弥生さんも嫌な笑い方はしない人よね。私、それでずいぶん助けられたわ」

「そうですか。母は人嫌いですからそもそも噂話の輪に入らないでしょうし。群れたり出来ない人だからクラスで浮いてたでしょ、うちの母」

「皆の憧れの存在だったわ。私はたぶん、友達だった……」

「母と喋《しゃべ》れてたなんて、珍しい人。疲れたでしょ」

「そんなことない。班を作れとか二人一組になれとか言われたときに、クラスで馴染めてなかった私を助けてくれた」

「それって、母も助かってたと思いますよ。相互扶助ってやつでしょ。きっと感謝してますよ」

「私が弥生さんに感謝されるなんて、そんなことあり得ない。私は弥生さんを裏切ったのに」

明日香は目を伏せた。カノンは面倒くさそうにため息をついたが、明日香は気付かない。

「二年生になってクラスが分かれたら、それっきり弥生さんとは話さなくなったの。弥生さんは卒業するまで一人ぼっちだった」

「母はそんなこと気にしてなかったと思います。そういう人ですから」

「でも、私といるときは笑っていたのに、一人になってからは笑顔もなくて」

「一人でニマニマ笑ってるなんて不気味ですよ。それに、孤独が好きな人です。もしかしたら、一年生の時は我慢してたのかも」

「我慢なんて、そんな……。ずっと優しかったのよ」

「母は冷めていて人のことなんか気にしないです。今日ここに来てないことからも分かりませんか。母は優しいんじゃない。ただ親切にしていただけです」

「友人だと思っていたのは、やっぱり、私だけなの？」

「やっぱりって、なんだか知りませんけど。母に聞きますか？」

カノンはスカートのポケットからスマートフォンを取り出すと、何度かタップしてから明日香に画面を見せた。「母」と表示されていて、すぐにスピーカーフォンで通話が始まった。

「もしもし、カノン？　どうしたの」

「同窓会に来てた人が、ママと話したいんだって」

「ええ？　誰？」

「鈴木さん」

「鈴木さん？　誰？」

明日香は、ガツンと後頭部を殴られたかのような衝撃を感じた。

「ごめんなさい、お邪魔して。私、もう行きます。本当にごめんなさい」

早口にまくしたて、カノンの顔も見ずに楽屋を飛び出した。

息苦しくてトイレに飛び込む。個室のドアを閉めるとぽろぽろと涙が零《こぼ》れた。

弥生は自分のことを覚えてすらいない。それとも自分が弥生を裏切った腹いせに、忘れたふりをしているのか。そう思って首を横に振った。弥生にそんな想いがあるはずがない。弥生に忘れられたと思いたくなくて、弥生の気持ちを勝手に捏造《ねつぞう》している。恨まれていた方が、忘れられるよりましだから。

クラスが分かれてから意識的に弥生の情報をシャットアウトしたのも、自分がいなくても弥生が楽しく過ごしているなんて耐えられないと思ったから。

弥生と距離を置いたのは、新しいクラスで浮かないようにという保身のため。そんなことは弥生なら見すかしていただろう。それでも気にも留《と》めなかったのではないだろうか。自分のことなど見てもいなかったのではないだろうか。

やっと涙が止まり、鼻をかんでドアを開けた。鏡に映った自分を見て呟く。

「酷《ひど》い顔……」

高校時代以降、目を瞑《つぶ》って見ないようにしていた自分の顔をようやく直視したような気がした。自分が幸せだったと思い込むために、友人がいた少女時代を生きたという妄想にしがみつくしかなかった哀れな女。現実を突きつけられて、妄想を打ち砕かれた無様《ぶざま》な女。

会場に戻ると、自分の席に知らない女性が座って友人達と盛り上がっていた。

友人達がチラリとこちらを見た。だが、そのまま会話は続く。

自分の居場所はどこにもない。彼女達を友人と思っていたのも、勝手な思い込みだったのだろう。明日香は力なく会場を出てロビーのソファに座り込んだ。

同窓会が終わり、女性達がぞろぞろとロビーに出て来た。誰も明日香に関心を向けない。知り合いに声をかけられないように視線を床に向けて人波をやり過ごした。人がほとんどいなくなった会場に戻り自分の席に向かう。すっかり冷めた料理と誰かが使ったらしいグラスがいくつもごちゃっと置いてある。イスに置いておいた記念品が床に落ちている。拾いあげて廊下に出た。

「楽しくなかったですか、同窓会」

声をかけられて振り返ると、カノンが立っていた。

「そんなことないわよ」

笑顔を見せようと思ったが、弱々しく口を歪《ゆが》めることしか出来ない。

「お友達は先に帰っちゃったんですか」

もう唇を引き結んでいることも出来ず、せめて情けない表情を見せないようと俯いた。

「弥生さんが孤独だなんて、そんなことあるはずなかったのよね。孤独なのは私。弥生さんと一緒にいたら慰められたから友人だと思い上がってたの。カノンさんが言うとおり、弥生さんは我慢して付き合ってくれてたんでしょうね」

カノンは興味深げに明日香をじろじろと観察していた。居心地の悪くなった明日香が挨拶《あいさつ》して去ろうと口を開きかけたとき、カノンが言った。

「さっきの電話で聞いてみたんですよ」

「聞いてみたって、弥生さんに？　なにを？」

「なんで私を六星に入れたか。学園生活が楽しかったからだそうですよ」

明日香は自嘲気味に尋ねる。

「私は、その楽しい思い出の中にはいないのね」

「さあ、知りませんけど。私は今日、楽しかったですよ。あなたみたいにナヨナヨした人、嫌いじゃないんで」

馬鹿にしているような発言とも取れるが、カノンの喋り方はどこか弥生に似ていて、明日香は怒る気にもならない。

「私と話したことが、高校の楽しい思い出になる?」

「きっと鈴木さんの名前は忘れますけど、話した内容は覚えてると思います」

「そうね、私も今日のことは忘れないと思う。苦い思い出が一つ増えたわ」

カノンはロビーに向かってさっさと歩き出す。明日香がその後ろ姿をぼうっと見ていると、カノンがふと立ち止まって、数歩戻ってきた。

「母に、もう一つ聞いてみたんでした。高校時代に友達はいたのかって。そしたら、一人いたって言ってましたよ」

どくんと心臓が跳ねた。また無駄な期待をしている。

「それは……、それは、私かしら」

「どうでしょうね。知りませんけど。じゃあ、さよなら。鈴木明日香さん」

返って来たカノンの声は冷たいものだった。打ちひしがれ、しばし俯いていたが、ハッと勢いよく顔を上げた。駆け出してロビーを通り過ぎ、正面ドアから飛び出る。左右を見回しても、制服姿の女子高校生は見当たらない。

「どうして……、どうして私の名前を知っていたの？」

明日香はカノンに「鈴木」としか名乗らなかった。弥生は、姓を覚えていなくても、名を覚えていてくれたのではないだろうか。「あっ」と声が出た。

「弥生さんの旧姓は……？」

覚えていない。弥生に対する罪悪感で卒業アルバムをろくに見たことがない。同窓会に出たのも今日が初めてだ。弥生にとって自分が不必要な人間だったと思い知るのが怖かったのだ。弥生との思い出は、それだけ大切なものだった。

弥生は、高校時代に呼んでいた明日香という名前を覚えていてくれたのかもしれない。その可能性に胸が震えた。自分は弥生にとって思い出に残る存在だった。それが良い思い出か苦い思い出かはわからない。けれど、名前で呼びあった時代を覚えていたのなら。

今度は妄想なんかじゃない。互いの旧姓を忘れてしまっても、私たちはずっと友だちだったんだ。

ラパンのお茶会で逢いましょう

矢凪

「クリ部ってなに？」

深山栞《みやましおり》にとっては馴染《なじ》みのある単語だったが、高校卒業後に出会った人との会話の中で幾度もそう尋ねられた。クリ部とは『クリエイティブ部』の略で、栞が通っていた花栄《かえい》学園女子高等学校にあった部活の名称だ。

元々は『文芸部』というよくある部名だったが、栞が入学した年の三月にそれまで顧問を務めていた先生が定年退職した。そして四月から新たに顧問になった新任の先生が「生徒たちには文芸に留まらず独創的な活動をしていって欲しい」という想いを込め、思い切って改名したらしい。

そのクリ部の最初の部員となった十名のうちのひとりで、六名いた同級生はみんな仲が良かっただけでなく、創作活動に意欲的だった。そして、秋の学園祭と学年末に、部員たちが執筆した作品を集めて発行していた『ラパン』というタイトルの部誌は、クオリティが高いと在校生だけでなく教師の間でも高い評価を得ていた。イラストや漫画を描くのが得意な部員もいて、『ラパン』の表紙や挿絵にライトノベルのような可愛い&格好いいキャラクターが描かれていたのも、部誌のファンを増やした要因だったのかもしれない。

栞たちの活動は卒業後も続き、ランチやティータイムを楽しみながら互いの近況報告をしたり、気になるテーマについて語り合ったりした。そして、愛らしいウサギがお茶している様子を表紙イラストに掲げた『ラパンのお茶会』という同窓会誌も不定期ながら発行してきた。しかし、ここ二年程はそれぞれ忙しくなったこともあり、全員が揃う機会はどんどん減っていく一方だった。

栞はといえば、中堅私立大学の文学部に進学したものの、就職活動に失敗し、派遣社員として地味な事務の仕事を続けること今年で七年目。現在の派遣先は五社目で一年半近く続いているが、過去に突然、契約を打ち切られたこともあり、いつまた契約終了になってしまうのかという不安を抱えながら仕事をする日々。真面目にコツコツ働いているが、時々、頑張ることに心が疲れてしまうことがあった。小説家という夢に向かって、新人賞への投稿も続けていたが、泣きたくなるほど成果が出ない。

実家の両親から結婚への無言の圧力をかけられているのも地味に堪《こた》える。

そんな時ふと、クリ部のメンバーたちのことが、栞はとても羨《うらや》ましくなる。

例えば会社帰りにふらっと立ち寄った駅前の書店で、新刊コーナーに平積みされていたライトノベル。その中にはクリ部で部長だった喜多見文乃《きたみふみの》の作品が並んでいた。彼女は在学中から執筆ペースが速く、書ける物語のジャンルの幅も広くて、オリジナリティもあった。彼女が小説家になることを誰も疑わず、そんな周囲からの期待どおり、四年程前に大手出版社のライトノベル新人賞で最優秀賞を獲得して書籍デビューを果たしたのだ。

「ふみちゃんの『幻華綺譚《げんかきたん》シリーズ』、今度コミカライズされるってホント？」

つい先日、クリ部OGである六名が揃っているグループチャットルームではそんな話題で盛り上がった。

「お、情報早いね！　ホントだよー。嬉しすぎてやばいよ〜！」

「さすが、ふみちゃん！　おめでとう！　漫画なら息子も読めるかな〜？」

「あはは、ありがたいけど、よしみんの息子くんってまだ小一じゃなかった？　内容的にちょっと難しいかもよ？」

「大丈夫！　ひらがなとカタカナと簡単な漢字なら読めるようになったから、読書の練習ってことで！」

エッセイを書くのが得意な『よしみん』こと、三保佳実《みほよしみ》は大学在学中に付き合っていた彼との子を妊娠したものの結婚には至らず。シングルマザーとしてたくましく、歯科医院の受付で働きながらやんちゃな男の子を育てている。

「あ、うちの旦那が『幻華』はリティちゃん推しだからよろしく！　って、ふみちゃんに伝えてって言ってるｗ」

「へえ、リティとはまたマイナーな！　でも、さっちーの旦那様、ありがと！」

「いえいえ、この勢いだとアニメ化もするんじゃない？　いいな～」

「あたしも来月、担当した絵本が出版されたら、よしみんの息子くんに送るね」

そう言ったのは、クリ部で書記を務めていた『たまちゃん』こと、井出環《いでたまき》。

彼女は児童書専門の出版社に新卒で入社し、今では立派な編集者として世に多くの書籍を送り出している。

「私はるりりが書いてる『スウィートもんすたぁ』のこの前の夏祭りイベント、

ラブエンドシナリオ読みたさにめっちゃアイテム課金したよ！」

「わーん、ありがとう、たまちゃん様！　おかげ様でさ『スウィもん』がもうすぐ配信一周年を迎えるんだよ～」

部員の中で一番明るく元気なムードメーカー『るりり』こと、加田野瑠理《かだのるり》は高校卒業後にライターを養成するための専門学校に進学し、在学中からゲームのシナリオライターとして活動し始め、今では多くのファンに愛されている。

「なんか宣伝合戦してるから私も～！　みんな次に集まる時はウチのカフェに来てよね！　新作の和風もちもち小倉パフェがオススメだよ～」

漫画やイラストを描くのが得意だった、『さっちー』こと、和泉沙知子《いずみさちこ》は、吉祥寺でカフェ経営をしている十歳年上の旦那様の仕事を手伝うかたわら、フリーのイラストレーターとしても活動している。

と、それぞれ多方面で活躍したり、人生を謳歌したりしているというのに、栞には宣伝できるようなことがまだ何ひとつない。クリ部では副部長を任されていたというのに、なんとも平凡な人生を送っている。

今年の春に小さな出版社が主催しているライト文芸小説賞に投稿した作品が、かろうじて二次選考まで進んでいるが、まだ報告する程のことではない。

世間一般的には栞のような者の方が大多数を占めるだろうとわかってはいる。栞の身近な友人たちがすごすぎるのだ。頭ではそうわかっているが――。

「もうそろそろ潮時なのかな？」

在学中から現在まで栞は部誌や同窓会誌の編集作業を率先して担当してきた。みんなから原稿を集め、ページを振って目次を作ったり、製本してくれる印刷会社に入稿したりという地味な作業だ。とはいえ数百ページに亘る部誌や同窓会誌が完成して一番に手にできるという特権もあり、これまでさほど苦もなく引き受けてきた。ただ、日々の生活での充実感がにじみ出ているエッセイやあとがきを読んでいると、作品のことくらいしか書くことのない自分だけ、周囲から取り残されているような気がして、いたたまれなくなってくる。

みんな忙しそうだし、もう同窓会誌は発行しなくてもいいのではないだろうか……そんな風に考え始めていたある秋の日。

栞のもとに一通の手紙が届いた。

送り主の名は白鞍友也《しらくらゆうや》——花栄学園では『しらぴょん』と呼ばれ親しまれていたクリ部の顧問からだった。

数年前の郵便料金が値上がりする前に買ったのだろう82円切手に2円切手が足されて封筒に貼られているのを見て、栞は思わず微笑《ほほえ》む。2円切手に描かれているのは薄紫色を背景にした真っ白な被毛のエゾユキウサギ。しらぴょんという愛称の由来にもなったのだが、白鞍は大のウサギ好きだ。おそらくこのデザイン切手が使いたくて、わざと古い切手と組み合わせたのだろう。変わらぬウサギ愛が伝わってきて、栞はほっこりした。

ちなみに、部誌と同窓会誌のタイトルになっている『ラパン』というのも、フランス語でウサギを意味していて、名付け親はしらぴょんだ。

卒業後に同窓会誌を発行するたび母校の白鞍宛てに送ってきた栞もマメだが、それに対して時間は多少空いたとしても感想をくれる……しかも、同窓会誌を読んだ今のクリ部の部員たちの感想文をまとめてくれる白鞍も同様で、そこがまた彼が多くの生徒たちに好かれている理由のひとつだった。

作者ごとに分けて丁寧にしたためられている感想のうち、自分の作品の部分を読み、栞は嬉しくなって思わずにんまりした。

自己満足的に発行してきた同窓会誌とはいえ、読んでくれるだけでなく感想までもらえるとやはりテンションが上がる。また頑張って新作を書こう、次はどんな話にしよう、と創作意欲はぐんぐんと急上昇していった。

手紙を見る前の、同窓会誌の発行に対して投げやりになっていた気持ちはどこへやら。舞い上がった栞だったが、手紙の最後にさらっと綴られていた一文を読んだ瞬間、驚いて「えっ！」と声を上げてしまった。

『来月末で退職することになりましたので、皆様に宜しくお伝えください』

――しらぴょんが退職する？

衝撃的な内容をとっさに受け入れられなかった栞は、その理由をあれこれと推測し始める。白鞍はまだ三十代後半の働き盛りなはず。嫌煙家でお酒も飲まないと聞いたことがある。ジムに通っていると話していたこともあり、健康に気を遣っているようだったが、具合でも悪いのだろうか。それとも、仕事を続けられなくなるような何かが、学校であったのだろうか。

だが、どれも栞の推測でしかなく、考えてもわからないのなら直接聞きに、白鞍に会いに行けばいい。そう思い至った栞は、すぐさま白鞍の退職についてグループチャットに投稿した。同時に、近々、学園祭が催されることを学校のホームページで調べてあったので、一緒に母校を訪問しないかと誘いをかける。

しかし、驚きの声は上がったものの、多忙を極める者ばかりだ。学園祭の日に都合がつきそうな人は誰もいなかった。少し予想していたものの、栞は再び取り残されたような寂しい気持ちになったのだった。

二週間後の九月半ばの土曜日。母校の学園祭へ、栞はひとりで向かった。

花栄学園女子高等学校は東京の下町にある、元々は小さな洋裁学校から始まった今年で創立九十周年を迎える学校だ。私鉄の各駅停車しか停まらない、駅ビルもないような小さな駅で降りると、駅前からまっすぐ北へ延びる一本道は昔ながらの商店街になっている。その突き当たりに建つ学校を目指して歩いていると、見覚えのない新しい店舗がチラホラ見え、卒業してからの月日を感じた。それでも、八百屋や鮮魚店、精肉店、花屋や写真店など、在学中と変わらない店もまだ元気に並んでいて、懐かしく感じると同時にホッとした。

『花栄祭』という看板の立つ校門で受付を済ませ、パンフレットを受け取るとまっさきにクリ部の名前を探す。

「クリ部はアリスのティーパーティー（休憩所）、二年A組の教室か……」

場所を確認すると、慣れた足取りでリノリウムの廊下を歩き出した。

クラスや部活動ごとに異なる、学園祭用に自分たちでデザインしたTシャツを着た在校生たちはみな礼儀正しく、すれ違うと明るく「こんにちは～！」と声をかけてくれるので、栞も笑顔で挨拶《あいさつ》を返す。

階段を上がって二階端の教室につくと、壁面に可愛らしいアリスやウサギ、ティーカップやトランプなどのイラストが貼られていた。

入口に立っている部員のひとりは白いウサギ耳と丸眼鏡《めがね》、懐中時計を持っているのが特徴の時計ウサギ、もうひとりは水色のワンピースに白いエプロンを着けたアリスの格好をしていた。ふたりは「アリスのティーパーティーへようこそ！」と声を揃えて言うと、メニュー表を差し出してきた。

アリス風の休憩所で、飲み物はアイスかホットの紅茶、お菓子はクッキーかマドレーヌを選べるセットで三百円だという。栞がアイスティーとクッキーを選んで支払いを済ませると、チェシャ猫に扮した生徒が「お好きな席へどうぞ！今年の部誌は奥にいるハートの女王が配布しています。過去の部誌も展示してますので、よろしければご覧下さい！」と元気よく案内してくれた。

栞は教室内をぐるっと見回し、白鞍の姿がないのを確認してからチュシャ猫を引き止める。

「あの、私、クリ部のOGで、白鞍先生にお会いしたいのですが……」

緊張しながら声をかけると、チェシャ猫は「そうなんですね！　しらぴょん、お客さんが来てます〜！」と言い、パネルで囲われたスペースにサッと入っていく。すぐに「ありがとう」という返事が聞こえたかと思うと、値札付き帽子をかぶっているマッドハッターの格好をした白鞍が笑顔で出てきた。

「おや、久しぶりですね、深山さん！　お元気でしたか？」

「ご無沙汰しています。先日はお手紙ありがとうございました」

「こちらこそ、いつも『ラパンのお茶会』、みんなで楽しく拝読していますよ。今日は深山さん、おひとりですか？」

「はい、みんな忙しくて……」

「深山さんもお忙しいでしょうに、わざわざ来て下さりありがとうございます。立ち話もなんですから、どうぞおかけになってください」

在学中から変わっていない、穏やかな雰囲気の白鞍に微笑みかけられ、栞はドギマギしながら窓辺の椅子に座る。ちょうど、注文していたアイスティーとクッキーをチェシャ猫が持ってきてくれたのでお礼を言って受け取ると、同じテーブルについてくれた白鞍をまっすぐ見つめ、本題を切り出した。

「それで、あの……手紙の最後に書いてあった件、なんですけど……」

途端、白鞍は申し訳なさそうな苦々しい笑みを浮かべる。

「なるほど、深山さんは心配して来てくれたんですね。あまり詳しく書くのはどうかと思ってあんな書き方になってしまって、逆に申し訳なかったです」

そう言うと、白鞍は退職することになった事情——実家に住んでいる父親の介護をしなければならなくなったこと。時間的な制約があるので、学校で専任教師を続けることが難しく、実家の近くで知人が経営する学習塾で隙間時間に国語を教えることになったのだと打ち明けてくれた。

事情が事情だけに辞めないでとは言えず、栞はしょんぼりと肩を落とす。

「なんだか、しらぴょんまで遠くに行ってしまうと思うと寂しいです……」

「僕まで、というと、どなたかも引っ越しされてしまうのですか？」

栞は「あ、そういう意味ではなく……」と首を横に振ると、仲間たちの活躍ぶりに時々、自分だけが取り残されているような気がしたり、進歩がないことが情けなくて仕方なくなったりするのだと告げる。

すると白鞍は意外そうに目を見開き、「深山さんだって充分すごいじゃないですか！」と突然、熱のこもった声を上げてから照れくさそうに頬を掻いた。

「ここだけの話……僕も学生時代は小説家を目指してたんですよ。けど、投稿しても全然ダメですぐ諦めちゃったんです。深山さんのように何年も諦めずに書き続けることは誰にでも真似できることではないと思いますし、素晴らしい才能のひとつではないでしょうか」

穏やかな白鞍にしてはめずらしく必死な様子で、「それに」と話を続ける。

「深山さんの一ファンである僕としては、深山さんの本が書店に並ぶ日を今か今かと心待ちにしてるんですからね、これからも期待していますよ！」

栞は思いがけず、これまで誰にも評価されたことのなかった地味な頑張りを認められ、胸に熱いものが込み上げてくるのを感じた。

「同窓会誌の発行にしたって、取りまとめてくれる深山さんがいたから何年も続いてきたわけで、ＯＧの皆さんも感謝しているのではないでしょうか？　とはいえ、あまりひとりで抱え込んだり、頑張りすぎたりしないでくださいね。同窓会誌のタイトル――『ラパンのお茶会』みたいに、時には誰かとお茶会を開いて、のんびり楽しく過ごす時間も大切ですよ」

そう言って微笑んだ白鞍に、栞は「はい」と少し涙ぐみながら頷《うなず》き返す。

「ところで深山さん、僕は来月末でこの学校からは去ってしまいますが、これからもクリ部の顧問でいさせてもらえないでしょうか？」

白鞍から告げられた願ってもない申し出に、今度は勢いよく首を縦に振った。

「もちろんです！　みんなにも伝えておきますね。しらぴょんはクリ部の永久顧問に就任しました、って！」

「では、次の『ラパンのお茶会』へのお誘いを、心から楽しみにしていますよ」

そう言った白鞍に対し、栞は口元を綻《ほころ》ばせ、イタズラな笑みを向ける。

「それは、同窓会誌にしらぴょんも寄稿いただけるということでしょうか？

それとも、リアルお茶会の方へお招きしても――？」

「皆さんさえよろしければ、僕はどちらでも喜んで！」

白鞍の返答に満足した栞は、胸の奥がじんわりと温かくなるのを感じながら、ウサギのように軽やかな足取りで母校を後にしたのだった。

草を結ぶ

遠原嘉乃

おばあちゃんが親友のお葬式に行くというので、車を出した。

「お休みなのに、送ってもらって悪いわね」

「気にしないでよ。タクシーを使うと、高くつくでしょう。こんなときくらい頼ってよ」

大腿骨《だいたいこつ》を折ってから、おばあちゃんはうまく歩けない。「もう歳《とし》なんだから」と父や母は車椅子を勧めるが、まだ大丈夫とばかりに、杖を突いて歩く。強い風が吹けば、転んでしまうんじゃないか。そう思うほど歩き方は頼りない。つい不安になってしまうのは、無理がないことだと思う。

「終わったら、電話して。今日は暇だし、すぐに迎えに行けるよ」

「ありがとう、りっちゃん」

そう言ったきり、おばあちゃんは窓の向こうを眺めはじめた。

岸辺に夏草が青々と繁り、草いきれが立ちのぼる。照りつける日差しのきつさを彷彿《ほうふつ》とさせるように、川面《かわも》は眩《まぶ》しく光っていた。

私はサンバイザーを下ろし、クーラーの出力をあげた。日の盛りが過ぎても、まだまだ暑い。

後部座席に座るおばあちゃんを、ルームミラー越しにちらりと見やる。じぃっと遠くを見つめている姿は、どこか痛々しい。学生時代からの親友が亡くなったのだから、悲しくないはずはない。

かける言葉も見つからず、私はただ静かにアクセルを踏み続けた。


葬儀場のロータリーに車を寄せると、そこには枝子《えだこ》さんが待っていた。枝子さんもおばあちゃんの学生時代からの親友のひとりだ。

おばあちゃんは枝子さんの顔を見るや、ひとりで降りようとする。慌てる私に、枝子さんは「大丈夫よ」とばかりに微笑《ほほえ》み、おばあちゃんに手を貸した。

「すみません、祖母のことをよろしくお願いします」

運転席から頭を下げる。

「もちろんよ。早苗《さなえ》のことは任せておいて」

枝子さんはおばあちゃんを支えながら、葬儀場のほうへ向かう。「ひさしぶりね」と再会の会話を交わしながら、ゆっくりと歩いていく。

「早苗、今日は『同窓会』なのよ」

その言葉に、おばあちゃんのこわばった表情が和らぐ。口角をあげたおばあちゃんは、「そうだったわね。約束したものね」と小さく笑った。

お葬式なのに、同窓会？

意味がわからず考え込んでいると、後ろの車からクラクションを鳴らされた。

迎えのとき、おばあちゃんに『同窓会』について訊《たず》ねてみた。すると、「そういう約束をしたのよ、むかし」と微笑むばかりで、それ以上は教えてくれなかった。

行きと同じように、おばあちゃんはなにかを口にするわけではなかった。ただじぃっと窓向こうを眺めている。

違うことと言えば、行きのとき車内に広がっていた重たい空気は霧散《むさん》していた。やわらかでおだやかな空気が流れ、エンジンの音が響くだけだった。

「……きっと次は私の番ね」

突然のおばあちゃんの発言に、少しおどけた口調で「いきなりどうしたの？」と返す。

「まあ、私も歳だからね。今日お葬式に行って、あらためてそろそろ順番が来るんだなあって思ったのよ」

どう返したらいいかわからなくて、ハンドルをきつく握る。

「りっちゃんは死ぬのが怖い？」

「当たり前よ。怖くない人なんているの？」

「ふふ、そうよね。私も若いころは怖かったもの」

楽しそうに笑うおばあちゃんに、なんにも言えなくなる。幸いなことに、ほどなく家に着いたため、その会話は続かなかった。

『同窓会』の意味を知ったのは、翌年の夏におこなわれたおばあちゃんのお葬式でのことだった。

おばあちゃんは何度も転倒を繰り返し、少しずつ弱っていった。そして、七月の終わり。夏の激しさに耐えきれなかったように、息を引き取った。

いつか亡くなるのは、わかっていた。でも、どうしても気持ちが追いつかない。棺《ひつぎ》に眠るおばあちゃんを、ぼんやり眺める。生きていたころより、ずいぶんと小さく見えた。まるでこどもみたいだと思った。記憶にあるより、ずいぶんとあどけない表情で眠っていたせいかもしれない。

「りっちゃん、私と少しお話ししない？」

枝子さんが声をかけてきた。おだやかに微笑むさまに、私は思わず唇を噛《か》んだ。おばあちゃんの親友だったのに、少しも悲しそうじゃない。

「ふふっ、なんで悲しい顔をしてないかって聞きたそうな顔ね」

「あ、いえ、そんなつもりじゃ……」

ひとそれぞれに悲しみ方がある。

泣かずとも、こころのなかで悲しんでいるひとがいることくらい、知っていたつもりだった。

「これにはちょっとした訳があるのよ」

「訳、ですか？」

「うーんと若いころにね、約束したのよ。大事な友達のお葬式は、『同窓会』みたいに過ごすって」

「……おばあちゃんも『むかし、そういう約束をした』と口にしていました」

「あら！　もしかして、早苗から話を聞いていた？」

「いえ……実は教えてくれなかったんです」

「じゃあ、私でよければ話してあげる」

長話になるからと枝子さんに席を勧められる。私たちは棺に一番近い席に腰掛けた。

「もう何年前のことになるかしら……六十代のころだから、二十年も前の話になるわね」

懐かしそうに目を細める。

「学生のころから仲良しの四人がいたの。そのなかのひとりが、末期の癌《がん》になっちゃってね。もう最後になるからって、みんなで会いに行ったの」

『同窓会』と話がつながらず、私は軽く混乱する。「安心して、最後まで聞けばわかるから」と枝子さんが言う。

「病気で痩せた友達を見た瞬間、私たち三人はうろたえちゃったのよ」

「大事な友達ですもんね」

「それもあったんだけど……ちょっと違うのよ」

枝子さんはそっと目を伏せた。

「お前たちもそろそろ死ぬんだぞって、突きつけられちゃった感じがしたのよね。だから怖くて、うろたえちゃったの」

私にはわからない話だった。まだ死を遠くに感じているからだ。それをわかっているのか、枝子さんは「それでいいのよ」と言ってくれた。

「りっちゃん、六十代って微妙なお年頃なのよ。もうお迎えが近づいてるってわかってるのに、まだまだ元気だって思い込んでたりしてね」

それまで見送るのは、祖父母や両親だった。自分と世代が離れている人間だったから、まだだと誤魔化《ごまか》してこられたと、枝子さんは言う。

でも自分の同級生がとなると、いよいよ自分の順番が来たと、気づかざるを得なかった。

「私たちがあんまりにも青い顔をしてるものだから、その子がね『病人より顔色が悪いってどういうことなのよ』と笑い転げてね」

「……強いひとですね」

自分だったら、そんなふうに笑える自信はない。

「そう、とても強いひとだったのよ。怖がる私たちに向かって、『自分のお葬式は同窓会みたいに過ごしてほしい』って言ったの」

やっぱりうまく話が飲み込めない。

「年を取ると、むかしみたいに会えなくなるの。おたがい結婚して、家族がいるでしょう。都合ってものがある。それに体の自由がどんどんきかなくなっちゃう。会えるとしたら、もうお葬式くらいになっちゃうのよ」

大事な友達のお葬式なら、なにがなんでも行くと私は思った。それはおばあちゃんも足が悪いながら、参列していたことからもわかる。

「病気の子はね、そんな貴重な機会なんだから、『悲しんで過ごすより昔話に花を咲かせてほしい』って言ってきたのよ」

だから『同窓会』なのか。ようやく話がつながる。

「そのときは、『なにを言うんだ』って思ったんだけどね。でもお葬式に参列したら意味がわかったのよ」

枝子さんは明るく言う。

「最初は三人で顔を合わせても、泣き出しそうだったのよ。でも約束は守らなくちゃいけない。そこで早苗が気を利かせてくれてね、学生時代にその子がやらかした話をし出したのよ」

「え、それってどんな？」

「その子がね、同級生の男子に『放課後に話があるんだけど』って言われたことがあったんだって」

「まさか告白を……」

「普通はそう思うでしょ。でもその子はね、『今日はお稽古《けいこ》があるから、また今度ね！』って、颯爽《さっそう》と去っていったらしいの」

「……気の毒ですね」

「でも、その子らしいでしょ」

枝子さんは口もとを綻《ほころ》ばせる。

「同級生の男子があんまりにも肩を落とすものだから、そばで見ていた早苗が思わず慰めたらしいわ」

「おばあちゃんらしいですね……」

「でしょ。それをきっかけに、その子の話で盛り上がったのね。お葬式に来たばかりのときは、すごく悲しかったのに、不思議と終わるころには笑顔になっていたのよ」

とても楽しい時間が過ごせたと枝子さんは語る。

「だから残された私たち三人はね、約束したの。おたがいのお葬式に出たら、『同窓会』みたいに過ごそうって」

ふいにおばあちゃんの顔が胸をよぎった。

目尻に皺《しわ》を寄せて「そういう約束をしたのよ」と笑ったあの顔が。

「じゃあ、私がおばあちゃんを車で送ったときのお葬式も、『同窓会』をされていたんですか？」

枝子さんは頷《うなず》く。

だから、おばあちゃんは帰りの車内で楽しそうにしていたのか。

「でも、あれが最後の『同窓会』になっちゃったわね」

ああ、そうか。枝子さんにはもう『同窓会』をする仲間がいない。

「……寂しくはないんですか？」

訊ねると、枝子さんは不思議そうに首を傾げる。

「あら、なんで？」

「だって……」

言い淀《よど》む私に、枝子さんはにこりと笑いかける。

「いつかまた会えるのよ。今度はあっちで『同窓会』をするんだから」

ふいにおばあちゃんの声が聞こえた気がした。ころころと楽しそうに笑う声が。

きっと今ごろ思い出話に花を咲かせているに違いない。

「次の『同窓会』では、どんな思い出話をするつもりですか？」

「そうね……」

枝子さんはいたずらっ子のような顔をする。

「早苗はあんまりネタにされてないから、ガンガンやっていきたいわね。例えばね……」

『同窓会』の予行演習とばかりに、枝子さんはおばあちゃんの思い出話をし出した。

愛沢つばめの秘密

田井ノエル

——ありがとう、木口君《きくち》……秘密、預けたよ。

クラス会の案内を見て、十年ぶりに思い出した。

そして、今。俺はスマホのライトを頼りに、真夜中の公園を歩いている。足を動かすのは、あのときの——あのとき埋めた秘密を知りたいという衝動だ。

愛沢《あいざわ》つばめの秘密が知りたい。

高校の時分、俺はいわゆる、日陰者《ひかげもの》でひねくれ者だった。

「はあ？　なにこれ。写メ、こっわ」

「刃物持ったオッサンが襲ってきたってさ」

「聞いたわー。犯人、捕まってないんやろ？　怖っ」

「それよりさー？　女《じょ》バス、優勝したって」

「マジか。去年は惨敗だったからなー。後輩が無念を晴らしたってか」

クラスの連中は卒業間近になっても、通り魔事件やら、部活の成績やら、雑談に興じている。いや、卒業間近だからか。なにか、強烈な思い出を残そうと、必死に足掻《あが》いているようにも見えた。そのせいなのか、単に流行《はや》っているからか、なにかと物騒な話題が耳に入ってくる。俺も、ぼっちというわけではないので、友人たちが喋《しゃべ》る合間に、適当な相槌を打っていた。首振り人形みたいに。

後々考えると、「もっと高校生活を楽しんでもよかった」と、惜しむ瞬間もある。しかしながら、個人主義を貫くのが、当時の俺にとってのアイデンティティだった。格好つけた、至極どうでもいいこだわりだ。

「木口にも、やるよ」

卒業式の数日前、クラス委員から全員に配られたのは、小さなプラスチック製容器だった。ガシャポンを少しマシにした感じの、チャチなヤツだ。

「タイムカプセル、卒業式のあと埋めようって話」

あー……パス。そう言おうとしたが、俺は口を噤《つぐ》む。

断れる空気ではなかったのだ。俺は日陰者の個人主義者ではあるが、孤立が平気な性分でもない。だから、周りの空気に流されて「わかった」と、タイムカプセルの容器を受けとった。中途半端な個人主義者だ。

タイムカプセルはセットとして市販されているものらしい。卒業式に一つの容器にまとめて埋めるという話だ。

言ってみれば、これは俺に割り当てられた〝枠〟である。

けれども、特に興味がなかった俺は、その枠になにを入れるのか決めておらず……ずるずると卒業式まで過ごしてしまった。当日になって、クラスのみんなが盛りあがっていたので、「あ、忘れてた」と思い出したクチだ。

中途半端な個人主義者だった俺は、忘れていたくせに、「なにか入れなきゃ」という焦りを覚えた。自分に与えられた枠を、無駄にしたくない——クラスの中に、自分の存在を確保したかったのかもしれない。

「あれ……愛沢、なにやってんの？」

まさしく偶然だった。運命や必然なんてクサい言葉を信じていなかった俺は、それを偶然だと定義する。

格好悪い話だが、俺は適当なノートに十年後の自分への手紙を書こうとしていた。クラスの連中に見つからないよう、体育館裏というベタな場所で。

すると、そこには先客がいたのだ。ゴミ捨て場で、なにかを漁《あさ》っている。最初は不審者かと思ったが、学校の制服を着ていたので生徒だとわかった。

「木口……君……？」

愛沢つばめ。隣のクラスの女子だ。二年のときは、同じクラスだった。

気まずい偶然に、俺は「久しぶり」と適当に声をかける。けれども、愛沢は俺の姿を見て、とっさになにかを隠した。

傍らのゴミ袋は、口が開いている。

「なにしてんの？」

問いに、愛沢は答えなかった。

愛沢は明るくて社交的な女子だ。バスケ部に所属していて、誰とでも仲よくできるタイプだった。なのに卒業式後、どうしてこんな日陰にいるのだろう。

今ごろ女子たちは、校庭で各々写真撮影会などを楽しんでいるはずだ。

そういえば、バスケ部の女子が、さっき泣きながら円陣を組んでいたっけ。

うちの女バスは全国大会常連の強豪校だが、最後の大会は地区予選敗退だったらしい。今年は後輩が無念を晴らしたので、優勝旗まで持ち出して三年生の見送りをしていた。愛沢は副部長だったし、当然、あの中にいると思っていたが。

「……を、捨てたの……」

愛沢の声が震えていたので、俺はドキリとした。

彼女は、こんな声で喋るような女子じゃない。

「なにを捨てたって？」

よく聞こえなかったので、俺は問い返す。愛沢の話をちゃんと聞こうと思ったのは、彼女が本当に悩んでいるように見えたからだ。切羽詰《せっぱ》まっている。

「後悔……ううん、思い出」

思い出を捨てたい。卒業式に？

「でも……本当に捨てちゃったら、私……」

愛沢は手にしたものを見せてくれない。彼女はそれを〝思い出〟と呼びながら、捨てようとしている。いいや……回収していた。

きっと、〝思い出〟は一度捨てたのだ。それを愛沢はゴミ捨て場から回収して……再び捨てるか迷っている。俺にはそう見えた。

愛沢は「捨てた」と言っているが、わざわざ〝思い出〟と呼ぶものを、簡単に捨てていいわけがない。

「じゃあ、その思い出……預かろうか？」

だから、つい提案した。

俺はポケットから小さな容器を取り出す。

「タイムカプセル。クラスで埋めるんだけどさ、俺こういうの興味ないから。よかったら、使って。中は見ずに、クラスで埋めるよ」

早口で捲《ま》し立て、俺はカプセルを放り投げた。愛沢はそれをキャッチして、俺と交互に見比べはじめる。

「捨てたいけど、捨てられないんだろ？　踏ん切りがつかないなら、いっそ入れちゃえよ。そんで、十年後の自分に預ければいい。あー、十年後の今日に、クラス会で掘り返すってルール！　あとで公園にみんなで埋めにいく！」

「十年後の自分に、預ける……」

「うん、そう。預けるんだよ。だから、捨てるわけじゃない。どう？」

愛沢はしばらく、カプセルを見つめていた。

「……あっち向いてくれる？」

やがて、そう指示されたので、俺は愛沢に背を向けた。

このとき、愛沢がなにを入れようとしたのか。ふり返れば、俺は確認できただろう。でも、そうしなかった。

「ありがとう、木口君……秘密、預けたよ」

愛沢の秘密が入ったカプセルは、さっきよりも少し重かった。


あのあと、俺はクラスメイトたちと一緒にカプセルを埋めた。

もちろん、中身は見ていない。

卒業してから、俺は愛沢に会っていなかった。お互い県外の大学へ行って、そのまま就職している。

ずっと忘れていたのに、俺は今更、確かめたくなった。

あのとき、愛沢が埋めた〝秘密〟がなんだったのか。クラス会の報《しら》せをきっかけに、知りたいという欲求が増したのだ。

しかし、考えてみると愛沢は隣のクラスだった。クラス会は予告通り、十年後の日付だが、彼女は参加できない。愛沢が今も秘密を誰にも知られたくないなら……クラス会よりも前に、掘り返しに来るのではないか――？

思い至ると、俺は行動していた。飛行機のチケットをとり、実家に泊まると連絡を入れ、クラス会の前日には帰郷する手筈《てはず》を整える。

そしてクラス会前夜、俺は母校近くの公園へ向かった。

十年前、タイムカプセルを埋めた場所だ。学校ではなく生徒が独自に企画したので、近所の公園に埋めた。

もしかしたら、すでに愛沢が秘密を掘り返しに来ているかもしれない。だとすれば、掘ったあとがあるはずだ。それだけでも、確認したかった。

ぼんやりと白く、公園の電灯に照らされるのは、大きな桜の木。満開の桜が光を反射する様は、闇に浮かびあがる絵画だ。、十年前も、こんな風に満開だった——。

桜を見つめる俺の耳に、ザリッ……ザリッ……と、妙な音が届く。

木の下で、誰かが地面を掘っていた。

ドキリと、心臓が一瞬縮こまる。同時に、俺はその人影を無意識のうちに、愛沢だと確信していた。

「愛沢……さん？」

振り絞るように問うと、スコップを持った影がビクリと肩を震わせる。

「もしかして……木口君？」

問いに、問いが返ってきた。

途端、電灯の光に照らされて、愛沢の姿が浮きあがる。ゆったりとしたトレーナーと、ピチッとしたデニムのシルエットが女性らしい。一つに結われた黒髪は清楚で、どこにでもいるアラサーといった雰囲気である。愛嬌があって潑剌《はつらつ》とした印象の顔立ちは高校当時のままだ。

愛沢は地面を掘っていた。大きなスコップを突き立てて、タイムカプセルを探しているのは明白である。

だから……俺はまた手を差し伸べた。

「手伝おうか？　……埋まってるの、そこじゃないし」

愛沢は、公園にタイムカプセルがあるのを知っていたが、埋めた現場に立ち会ったわけではない。周囲には、いくつも穴があり、当てずっぽうで掘っていたのがよくわかる。

「いいの？」

愛沢は、俺の申し出をすんなりと受け入れた。俺は特になにも聞かず、愛沢からスコップを引き継ぐ。

「ねえ、木口君は……聞かないの？　私がなにを埋めたのか」

俺は愛沢の代わりに穴を掘る。その最中、愛沢が問いかけてきた。俺はトレーナーの袖で汗を拭きながら、愛沢を振り返る。

「気になるね。だから、こんな夜中に来たんだろ」

「それもそっか……ありがとう。あのとき、助けてくれて」

助けたつもりはないが、愛沢にはそう感じられたのだろう。

「近所に通り魔が出たの、覚えてる？　結構長い間、逃げてたやつ」

覚えている、というより、タイムカプセルのことと一緒に思い出した。俺は返事の代わりに、スコップを地面に突き刺す。

「あ」

スコップの先がなにかに当たる。土を払うと金属製容器が見つかった。さすがに、タイムカプセル用として売られていた品だ。十年間、土の中にあっても形を保っている。

蓋を開け、その中から「木口亮司《りょうじ》」のラベルを探した。

愛沢も近くにきてのぞき込む。

「あの通り魔に、うちの生徒が襲われたって知ってる……？」

俺がカプセルを開けるために両手に力を込めると、愛沢はさっきの続きをはじめた。たしかに、当時もそんな話があった。

なんで、愛沢はこんな話をするのだろう。

途端、カプセルの重みが増した気がする。

愛沢の秘密を見るのが怖い。急にそんな気持ちが芽生えたのだ。

十年越しの秘密を知るチャンスだというのに――。

けれども、俺の躊躇《ちゅうちょ》とは裏腹に、カプセルがすんなりと開いた。

「なんだこれ……？」

入っていたのは、フェルト素材の小物入れ。いや、お守り袋だった。手縫いで〝必勝〟と書かれている。

そのお守りを、愛沢は感情の読めない目で見つめている。

「私、被害者だったの。部活の帰りに、突然、刃物で脅されて」

お守りを持ちあげる愛沢の口調は、淡々としていた。

愛沢は遭遇した通り魔から逃げたらしい。必死で走って、隠れて。犯人がどこかへ行くまで、息を殺してやり過ごしたのだ。それがどれだけ怖いできごとだったか、俺には想像しかできない。

「誰にも言えなくて……このお守り、バスケ部のみんなで作ったんだけどね」

愛沢は、きゅっと一旦唇を引き結ぶ。

「平気なふり、しようとしたんだけどさ。やっぱ駄目でね。怖くて家から出られなくて。学校にも行けなくて……みんなと勝とうって言ったのに、試合、出られなかった」

当時、隣のクラスだった俺には、愛沢の不登校は初耳だった。強豪だった女子バスケ部があっさり地区予選で負けたのは、さすがに知っていたが……そうか、愛沢が試合を休んだのか。

「自分のせいだと思った？」

「うん……そうだね。そうだと思う。今でも、わかんないけど」

愛沢の顔は複雑な感情が入り混じっており、なにを考えているのか、よくわからない。愛沢にとって、お守りは捨てられない思い出。同時に、大きな後悔の象徴でもあるのだろう。

青春を賭けて打ち込んだ部活を、全うできなかった。そのせいで、チームが敗退したのなら、尚更だ。実際のところ、愛沢の欠場が原因で負けたのかは、俺にはわからない。しかし、少なくとも愛沢の中では不完全燃焼だった。彼女は辛い体験のために、試合にすら出られなかったのだ。

「家を出るのも怖くてさ……卒業式だけは、がんばったんだけど……部活の子たちと顔あわせてると、なんで試合に出られなかったんだろうって、自分のことが嫌になった」

愛沢の青春は、奪われた。通り魔という、まったく関係がない不条理な存在によって……他人事《ひとごと》なのに、憤りで俺の拳が震える。

どうして、愛沢がそんな目に遭《あ》わなければならなかったのだろう。こんなの絶対におかしい。愛沢はこんな不条理なことで悩んでいたのか。

ゴミ捨て場に佇《たたず》む愛沢の顔がフラッシュバックする。切羽詰まっていて、今にも消えそうだった。

「でも、今見ると……ちょっと落ち着いた。木口君の言う通りにしてよかった」

「俺の？」

「うん。〝十年後の自分に預ければいい〟って。時間が解決、じゃないと思うけど……今なら気持ちにも整理がつくから。あのときも、預けたと思ったから気が楽になったし。預けてよかった。この十年、ちょっとだけ生きやすかった」

そう言って立ちあがった愛沢の顔が、電灯に照らされる。歳《とし》はとったが……彼女の顔は清々しくて、まるで、あのころに戻ったかのようだった。

愛沢は家から出られなくなったと言うが、卒業後は大学へ行き、人並みの生活を送っている。お守りを手放すことで、彼女なりに区切りがついたのかもしれない。そして、こうしてまた、手放した青春を取り戻した。

「それなら、よかった」

俺も立ちあがる。

これから、タイムカプセルを元に戻さねばならない。一度掘り返したので、不審がられるだろうが……消えたのは俺のカプセルだけだ。

さて、埋めるか。

みんなの思い出も、明日、手元に戻るだろう。

おもいでたどり

日野裕太郎

「ベンツってのは、頑丈らしいぞ。事故んときにも壊れないんだと」

「じーちゃん、それ何回目だよ。俺にベンツ運転させたいんなら買ってくれ」

祖父の弥一《やいち》とふたりでのドライブの最中、カーラジオをつけていたが、流行《はや》りの曲が流れ出すと、趣味に合わないのか弥一が切ってしまった。

紀之《のりゆき》はこの春に車の免許を取り、知人の伝手《つて》で状態のいい中古車を手に入れられた。まだ学生の紀之の蓄えはそこで底をついてしまった。実家住まいの気楽な身の上のため、生活には困らない。だから弥一からアルバイトをしないか、と専属運転手を提案されて、紀之はふたつ返事で食いついたのだった。

金欠だというのが大きいが、弥一を必要以上に歩かせたくなかったからだ。

祖父の弥一は今年七十になる。かねてから弥一は膝の痛みを訴えており、免許を取った時期には短期間ながら入院までしていたのだ。

年金支給日がきたばかりだからか、バイト代とはべつに小遣いまでもらい、紀之は朝から運転をはじめていた。

まず向かったのは和菓子の名店だ。饅頭《まんじゅう》入りの紙袋は、いまは後部座席で揺れている。家族への土産《みやげ》だが、それとはべつに個別包装の饅頭も買った。つまんだ饅頭は、上品な口当たりで思わず笑みが浮かぶ味である。

「そろそろどこいくのか教えてよ。この道まっすぐ、じゃなくてさ」

国道を進むことと、和菓子屋に寄ることしか指示されていなかった。首をかしげたが、「孫を独占しての思い出づくりだ」といわれると、うなずくことしかできない。

時折膝をさする弥一の仕草は、どうしても老いに目を向けさせられ、ついでに二年前に亡くなった祖母のことを思い出させる。

弥一は欠伸交じりに、いくつかの地名を口にした。観光地や公営の公園ばかりだ。どれも過去に弥一に連れられて、出かけたことのある場所だった。

最初の目的地をカーナビにセットする。

そこは寺が集中して建つエリアで、工芸品を商う通りを中心に観光地になっている。その通りと寺の間にある仏具屋で、以前弥一の友達が店主を務めていた。すでに引退し店主は別人だが、数回足を運んだことがある。

到着したものの、残念なことに駐車場に空きが見当たらず、ゆっくり走る車から景色を撮影するだけになってしまった。

入院する前に買い換えたスマホを使い、弥一は寺の瓦屋根と青い空、そして青々とした大樹の枝がバランスよく入るように撮影していた。撮影後にもまだスマホをいじる弥一を横目に、紀之は車で大通りのほうに向かう。

「じーちゃん、スマホ使い慣れたね」

「おお、ウシちゃんにお裾分けしてやるんだ」

向けてきたスマホの画面には、メッセージアプリが表示されている。写真の送信も済んでいた。孫と出かけてる、とのメッセージが添えてあった。

ウシちゃん——牛島《うしじま》は先日弥一が入院したとき、頻繁に見舞いにきてくれた男だ。弥一の中学時代からの友人で、紀之も何度か顔を合わせている。

次に向かったのは動物園だった。こちらは運よく駐車場の空きをすぐ見つけられたが、紀之としては弥一を歩かせたくない。

「動物園って広いし、お土産だけ見てかない？」

「象が見たいなぁ――ああ、あれ、ちいさいな！」

小学生の遠足らしき列が、ぞろぞろと動物園に向かっていく。入り口前にあるベンチに腰を下ろし、ふたりで小学生を見送った。

楽しそうな背中を弥一はスマホで写真を撮り、またウシちゃんに、といって送信している。

「動物園のなか、ぐるっと走るバスかなんかあったらいいのになぁ」

「おまえが大金持ちになって、そういう動物園つくればいいだろ」

笑った紀之が腰を上げてうながすと、弥一は動物園に背を向けた。

次いで、正午前には老舗の天ぷら屋に入り、運ばれた料理を前にする。

「写真撮んないの？」

早速箸をつけようとしていた弥一は、笑みを浮かべると料理の膳にスマホを向けた。それもまた送信しており、スマホの操作はお手のもののようだ。

ふたりで食事を取り、紀之ははじめて祖父と出かけたことを後悔していた。

道を歩く弥一の歩みは遅く、食事を取る速度もまた遅い。紀之は祖父の衰えを目の当たりにした動揺を隠すように、素早く箸を動かしていった。

「このあとは？　植物園っていってたけど」

そこも過去に出かけたところで、亡くなった祖母の好きな場所だった。

「ついでに、ばあさんの墓参りでもいくか？」

「月命日に墓参りしてるじゃん、じーちゃんは」

「おまえは？　ばあさんにあれだけかわいがられておいて不義理か？」

「分骨したほうの墓あるけどさ、じーちゃんあっちの墓は？　いってる？」

「いやぁ、さすがにあっちは遠いからなぁ」

二年前に病気で亡くなった祖母は、しっかり終活をしていた。事前に隣県にある自分の故郷と婚家、それぞれの墓に分骨する手配までし、弥一の喪服まで用意したほどだ。

平らげた膳を脇によけ、紀之は分骨した墓地近隣をスマホで表示してみる。弥一とのぞきこんだそこは温泉地で、ちいさいころにいった覚えがあった。

「遠いんだがなぁ……動けるうちに、一回くらい顔出しておきたいなぁ」

弥一の言葉をやけに重く感じた紀之は、スマホを引き寄せて墓地近隣の宿泊施設を検索しはじめた。空室、と表記のあるホテルがあり、それを弥一に示す。

「このへん泊まる？　さすがにいまからだと、今日中に墓参りは無理でしょ」

弥一とふたりなら、急な泊まりになっても両親から叱られることにならないだろう。唸り、迷う弥一を追い立てるようにして紀之は腰を上げた。

「とりあえずいこ、べつに引き返したっていいんだしさ」

ひとまず次の目的地である植物園へ向かい、入場客のまばらな園内をふたりでゆっくり進んだ。

緑に囲まれると、楽しげに笑っていた祖母を思い出した。

とくに祖母が好きだったという薔薇《ばら》園で弥一から離れ、母に祖父と泊まりがけで出かけると電話で報告し、それから紀之はホテルの部屋を予約していた。

薔薇園に戻ってみると、また弥一はスマホを操作している。

「ウシちゃんに薔薇のお裾分けだ」

「返事は？　なんて？」

「返事？　ないなぁ、そのうちあるだろ」

祖母の思い出話をしながら植物園を後にし、隣県に向かうため車を走らせる。

カーナビが先んじて知らせた渋滞情報のとおり、混雑した道で車は停まった。

「途中のコンビニでパンツ買ってこうよ」

「パンツなんか、一週間替えなくても死にゃあしないだろ」

欠伸をし、弥一は膝をさすった。

「ホテルに温泉引いてるってよ。風呂がメインのところじゃないけど、足あっためようよ。膝だってまた痛くなったらいやだろ？」

「カプセルホテルでいいだろう、じいちゃんとおまえで見栄張ってどうする」

「俺のバイト代なんかじゃなくて、使うとこちゃんと考えろよなぁ」

くちびるを突き出してみせる祖父から受け取ったバイト代と小遣いで、ホテル代も着替え代もガソリン代もまかなえる。

ゆるゆると進む車線を脱し、県境を越えたのは、あたりが薄暗くなってからだ。途中で立ち寄った蕎麦屋が好みだったようで、弥一は上機嫌になっていた。

車で移動を続け、ふたりとも自覚していた以上に疲れていたらしい――ホテルに着いて湯を楽しんだものの、日付が変わる前に揃って眠ってしまっていた。

「ああ、温泉の写真も撮っておけばよかったなぁ」

助手席でぼやき、弥一はスマホをいじっている。

「牛島さん、なんだって？」

「……いや、まだ」

「まだ？　返事まだないの？　もう一晩経ってるじゃんか」

牛島がスマホを放置しているにしては、少々長く感じられた。

空模様はあいにくの曇りだが、ホテルから霊園まで道は空いており、すんなり到着した。下車した弥一の手には、饅頭の紙袋が揺れている。

「うまかったからな、ばあさんに置いてってやろ」

祖母の墓を清掃し、線香や花を手向《たむ》ける間、ふたりとも無言でいた。

手を合わせ心のなかで近況報告も済ませたところで、弥一がスマホを取り出して驚かされた。まさか墓地を写すつもりか——様子をうかがう紀之の前、弥一はメッセージアプリを確認していた。

「じいちゃんが退院した後に、同窓会があったろ、出席したやつ」

「中学のときの、だよね。二次会でべろんべろんになって帰ってきたやつ」

花冷えのころに開かれたものだ。毎年祖父は同窓会を楽しみにしていた。牛島と飲み比べをした、と宿酔《ふつかよ》いながら弥一が話していたのを覚えている。

「……同窓会の後、ウシちゃん倒れたんだ」

初耳だった。

「いまは……？」

「あ？　ああ、退院したぞ、死んじゃいない」

紀之は身体の力を抜く。訃報が届いていなくとも、思わず身構えてしまった。

「リハビリ進むまで、連絡してこないんだと」

「でもじーちゃん、写真送りまくってたじゃん」

「おお、自慢してやろうと思って」

「……既読ついた？」

紀之に向けられたスマホの画面では、先方――牛島がメッセージを読んだ、というマークがついている。だが返信はない。

借りた掃除道具を返す道すがら、弥一はうんざりした声で話した。

「頭の血管やって、片足と片手の動きが悪いんだそうだ。あいつは昔から気がはやかったから、ぶっ倒れるのも一番乗りだったな」

「お見舞いは……」

「くるなって。まあ、じいちゃんでも動けないとこに、見舞いなんていやだな」

それでも延々と写真を送っているのだ、弥一もおそらく牛島が心配で、様子を知りたいのだろう。次にいつ会えるのか、それこそ先行きが不透明だ。

歩調を緩めた弥一が膝を一瞥し、紀之は手を貸すか迷う。なにもいわないでいるが、急に祖父と過ごす時間は残りすくないのだ、と悟ってしまった。

車に戻り、帰路に就くことになった紀之は、運転のかたわら祖父の老いた顔を見つめた。

「お土産の饅頭、また買いにいく？」

牛島が倒れたことを知らなかったように、弥一が思い出を共有した友達には、すでに欠けた顔があるかもしれない。徐々に友達の頭数が減っていく、その気持ちがどんなものなのか、紀之には実感が持てない。

「うまかったもんなぁ。饅頭じゃなくて大福あたりでもいいかもなぁ」

時間を気にせず、川沿いなど景色のよさそうな道を選んで車を走らせる。

紀之が予想したものと違って風光明媚さに欠けるが、のどかな風景が広がっていた。紀之には単なる川の景色だが、助手席の弥一にすればその単なる川の景色がおもしろいようだ。

「ガキのときに住んでたとこ、こんなだったなぁ。中学の同級生にな、寺の三男がいたんだ。授業中に居眠りしてばっかりで、よく先生に叱られてたよ」

「じーちゃんは居眠りしなかったの？」

「しないわけないだろ」

弥一と中学時分の同級生たちは、一緒に集団就職で上京してきている。田舎に戻らずこちらで暮らしているひとは多く、そのなかに牛島も含まれていた。集団就職の面々で同窓会を開いており、出席率は高いそうだ。

川原にカラフルな屋台があり、速度を落として近づくと、アイスクリームの売店だった。

「アイスだ！　おまえアイスどうする？　じいちゃんはチョコにするぞ」

車を停める前からシートベルトに手をかける弥一に苦笑しつつ、紀之はバニラとこたえていた。

ふたりで川原に降りると、川面を渡った風は涼しく、アイスはさらに冷たい。釣り人向けの屋台だそうで、すでにメインの釣り人は帰っており、この後は学校帰りの学生を待つため、のんびりしているという。

屋台ごと写真に撮ろうとしてうまくいかず、売店のおばさんが写してくれるというので弥一がスマホを差し出した。

手から手へ受け渡されるとき、スマホが大きく振動する。

着信だ——驚いた弥一は、スマホを取り落としてしまっていた。

画面にヒビの入ったスマホをにぎりしめ、弥一はずっと押し黙っている。

すでに目的地は目前だ。途中で手土産に果物を買い、車は駐車場に停め、ふたりで歩いている。弥一の速度は徐々に落ちていき、ため息が増えている。

――牛島から呼び出された。

来られるなら家に、と電話で告げられたが、地面に落ちたスマホの音声はノイズまみれだった。おう、と弥一はこたえ、やり取りはそこで終わりである。

牛島の家を紀之は知らなかったが、弥一が足を止めたのであたりを見回した。あ、と声が出た。突き当たりの真四角の家に、牛島と表札が掲げられている。

「……おまえ、土産渡してきてくれ。小遣いやるから」

「やだよ。俺が小遣いやるから、じーちゃんこそ自分でいきなよ」

弥一の頭のなかで、牛島はどんな姿をしているのだろう。同窓会で会い、その後は顔を合わせていない。記憶に残った元気な姿ではないかもしれないのだ。

こちらから出向かずとも、視界のなかで家のドアが開くのが見えた。

「ウシちゃん」

現れたのは、杖をついた牛島だ。弥一たちに気がついて手を振ってくる。すこし痩せたようだが、ゆっくり杖をついてやってきた。

「やっちゃん、そろそろ着くかと思って」

「なんだ、元気そうじゃないか。呼び出しなんて、どうかしたのかと」

「なにがだ、延々写真送ってきて……孫とデートなんてうらやましいな。ふたりで出かけてるなら、どうせ暇だろうと思ってさ」

「ひとの予定をなんだと思ってんだ」

「断らなかったじゃないか。そのうちこっちから連絡しようと思ってたのに、ずーっと写真よこすんだから。そんなに暇なのか？」

「……おまえこそ、暇なんじゃないかと思ったんだよ。連絡先延ばしにしやがって、来年の同窓会まで音信不通になるつもりだったのか？」

「こないだの同窓会、ちょっと飲み足りなかっただろ。続きでもしようか」

目を輝かせている牛島に、紀之はふたりの身体や先行きを不安に思っていたことが、いまさら恥ずかしくなっていた。

「おまえ毎回そういうこというなぁ……ウシちゃん、もう飲んでいいのか？」

「うっすいのなら、ちょっとだけ。まあ、ふたりとも入って。ピザ取る？　プチ同窓会やるんだったらさ、ほかの奴らも呼ぼうよ」

牛島の歩調にあわせ、弥一もゆるゆると進む。しかし紀之は足を止めていた。

「なあじーちゃん、俺邪魔すんのやだし、先に帰っとく」

ふたりのほうがゆっくり話せるだろう、それは口に出さなかった。

「そうするか？　気をつけてなぁ」

「紀之くん、じいさんのお守り大変だったろ、おつかれさん」

「帰ってくるとき連絡してよ、なんだったら迎えにくるしさ」

微笑んだふたりに手を振って駐車場に向かった紀之は、祖父のスマホがまともに動くのか、そこをきちんと確認していないことに気がついていた。

青い絨毯と赤い絨毯

神野オキナ

同窓会が終わった。

といっても、学校の、じゃない。

映画の魔法が解けて、場内に明かりがゆっくりと灯る中、多くの観客たちと同じで、僕はしばらく動けずにいた。

万感の思い、というのはこういうことか、と思った。

「終わったなあ」

と思わず呟《つぶや》き、ようやく身体を動かした。不織布マスクの中の息が熱く感じる。

3時間の長丁場。この所流行《はや》っている疫病のお陰でソーシャルディスタンスをとって横の人間を気にせずに座っていられるのはありがたいが、トイレを警戒して朝から飲まず食わずだ。

係員に誘導されて、マスクをした観客は、少しずつ外に出る。今時の風景だ。

25年前、この映画館は出来たてで、どこも青い絨毯《じゅうたん》だった。今は再整備され、赤い絨毯に変わっている。

とりあえず外に出ると大抵の観客はトイレに並んだ。何しろ3時間もある映画だしな。上映中も何人か悔しそうに席を立ってトイレに行くのを見た。

僕には25年前、命をかけたアニメがあった。

命をかけた、は言い過ぎか。まだ15歳だった僕はそのアニメにそれぐらい夢中になった。

傷つきやすい繊細な主人公、残酷な大人たちの世界からの圧力。敵味方の判《わか》らない、ハードな人間関係とアクションの描写。当時の科学者でさえ唸《うな》るＳＦ考証。

後に物凄い社会現象となったことで有名な、そのアニメに深夜のテレビで出会ったとき「人生が拓《ひら》ける」思いがした。色々なものが当時の僕の心情にピッタリと貼り付いた。

大人たちへの不信、自分の幼さへの甘え、怒り……高校受験を控えて息苦しい日々を過ごしていた僕にとって、主人公たちは自分自身に思えた。

なによりも衝撃的だったのは、余りに凝りすぎたため途中で予算が尽きて、監督がそのことを謝罪する最終回、という衝撃的なラストを迎えたことだ。

唖然となった僕たちは、放課後の教室で、あるいは、当時まだ出来たてのインターネットを通じて議論し、続編ないし作り直しを願う嘆願書を放送局と制作会社に送り、自ら絵を描き、小説を書いて作品の続きを求めた。

そして、数百万通にも及ぶ署名の力で、そのテレビアニメは劇場アニメになり、続編が作られたが、監督はプレッシャーで心を病み、「これはアニメだ、いつまでも夢中になるんじゃない」と主人公に言わせる、視聴者を作品から蹴り出すようなとんでもないオチが付いた……そして、僕らが二十歳《はたち》になった頃、再び作品はリメイクされることになった。

僕らは戸惑ったが、その一作目はリメイクなのに面白く、驚きに満ちていた。

あの作品が再び戻ってきた！　「今度は本当に誰もが納得する形で完結させる」という監督の言葉。僕らを包む熱狂と興奮……でも数年後、完結編が作られる前に、監督は今度は身体の病に倒れた。

僕らは深く絶望した。もう無理じゃないか、このまま未完で終わるんだと誰もが言った。

そして10年が過ぎ、その監督は長い長い療養の末に立ち上がって、これまでのアニメの総集編を全て作り直し、去年、完結編を作り上げ、それが今年、今日、劇場公開されたのだ。

そのラストは鮮やかで、これまでの25年全てに決着を付けるものだった。

初日に並んだ客は誰もがその25年目の戦い、という感じで厳しい表情をしていたのが、上映後の今は皆、爽やかな笑顔を浮かべていた。

「やっぱり初日に来ると思ってたぜ」

振り向くとガッチリした体格の大和田《おおわだ》が手をあげた。

「よお、10年ぶりかー」

大和田の隣には、あの頃、同じように熱狂していた仲間たちがいた。

違う中学だが、このアニメを好きだという一点で繋がった仲間。

たまたま同じ本屋を愛好していることから知り合った。

なんだかんだでそのほとんどが同じ高校に進学し、高校生活を共にすることになった。

高校卒業までこの作品を昼夜無しに語り合った仲間。僕も入れて男3人、女3人。

「やーっぱり初日に来ると思ってたわよ」

高校時代はポッチャリしていたのが、一念発起のダイエットで痩せ型になった浅川《あさかわ》さん。

「初日の一回目にいるとは、お互い業《ごう》が深いね」

「まったくだ」

こちらは高校時代とは逆にみっちり太った三沢《みさわ》。その隣には昔から大人びて尖っていたが、今もちょっとパンクな出で立ちの深水《ふかみ》さんがいる。

全員マスク姿なのは、まっとうな社会人だからだ。

「しかし、終わったなあ」

「そうだな」

「ホントに、綺麗に終わった。前の劇場版みたいに『ここは俺の店だ、出て行けー！』みたいなラストじゃないんでびっくりした」

僕は笑った。

驚きはない。彼らもまた、あの時、あの数年間、魂をこのアニメに奪われていた。嵐のような半年間の放映、その後の総集編映画……高校卒業まで、毎日のように放課後、語らってた。時には授業中でさえ。

だから、卒業して、それぞれの進路を歩み、大して連絡を取らなくなっても、なんとなく初日の初回、この地元の映画館に来れば、会えるような気はしていた。

ファンってのは、仲間ってのは、そういうものだ。

嬉しさと安心……でも、ひとり足りない。

(仕方がないか)

僕は内心、溜息をついた。

胸に小さな痛み。

「あ、そうだ」

深水さんが、僕の顔を見て何かを思い出したように、振り向いて手を振った。

「おーい、ユカちゃん、こっちこっち！」

場内を出る人の群れから少女が一人、離れてこちらに来た。

先ほど足りなかった人物が……20年前と同じ姿で。

「え……!?」

驚いたものの、よく見れば、違う少女だ。

だがよく似てる……面差しだけじゃなく、服装が地味なのも彼女を思わせる。

「あの、田村《たむら》さんですか」

少女は僕を見て言った。

「秋山《あきやま》の唯《ゆい》ちゃんの娘の、ユカちゃんよ」

深水さんがそう言って笑った。

「そうなの！」

秋山唯さんは、仲間だった。

目立たない、オタク趣味の僕らは、あのアニメを見て初めて結びついた。

秋山さんは中でも僕に親しくしてくれ、異性の友だちが出来た事に舞い上がった僕は、あのアニメの最終回を見終わってぼけっとしていた夜、勢いというか、なんというか、で彼女に思いきって告白し、フラれた。

あの時の彼女の目を生涯忘れられそうにない。

戸惑ったような、怒ってるような……今なら、相手が喪失感に襲われた隙につけいるような、酷くまずいタイミングで告白したと気付くはずだが、まあ、15歳だ。

「秋山さんも来てるの？」

「今、アメリカ。あれから色々あって国連の通訳になったのよ」

「……知らなかった」

スゴイ出世だ。通訳ってことは英語ペラペラってことか。

「私も知ったのは三年前。これの前の奴を観に行ったとき、たまたま同じ場所の同じ回でさ……今回も来る予定だったけど、この疫病騒ぎじゃ、ね」

「ああ……」

「あの……これ、母から」

僕らの会話に割って入るのが申し訳なさそうに、ユカちゃんは手紙を差し出した。

「僕に？」

受け取る。肉筆で「田村君へ」と書いてある。今時珍しい。

ユカちゃんは複雑そうな表情。そりゃそうだろう。遠くにいる母親が、見ず
知らずの男に手紙を渡してくれと言い残した。僕なら関係を疑う。

「この場で、読んでもイイかな？」

痛みが胸の中で鋭さを増す。早く終わらせてしまったほうがいいだろう。

「はい」と頷《うなず》くユカちゃんの前で、僕は手紙を広げる。

そこには僕を懐かしむ言葉と、謝罪の言葉があった。

当時、自分は学校でいじめられていて、僕に告白される一週間前、クラスメ
イトから「告白ゲーム」があったこと。

「告白ゲーム」には解説が必要だろうか。今はもう、存在しないかも知れない（そ

のほうが喜ばしいけれど）、いやなゲームだ。クラスでは目立たない存在の人に、クラスのイケメン、あるいは美女のグループが手紙を送る。

「お話があります」

そして出向いてみると相手がいて、真顔で自分に向けて告白をして、付き合って下さい、と言われる……で、うっかり頷いて……いや、その場に出向いた時点で実は終わり。

あとは隠れていたその仲間たちに笑いものにされる。大半は卒業まで。どうやら、彼女はその「告白ゲーム」を仕掛けられ、まんまと罠《わな》にはまったらしい。

あの時の自分は、僕の告白を受けて、その時のトラウマのようなモノが蘇ってしまい、思わず拒絶してしまったけど、本当は嬉しかったこと。

でも、一度拒否してしまったことで合わせる顔がないと思って、以後、仲間たちの集まりに顔を出せなくなってしまったこと。

色々あって離婚したが、今は娘がいて幸せだということ。できれば娘が高校を卒業したら一緒にNYで暮らしたいという話。

できれば僕らにもう一度会いたいが、この疫病騒ぎで帰国が叶わないという話。

「あの時は、ごめんね。できれば直接言いたかったけど、例の疫病のお陰で今NYから動けないからせめて手紙でお詫びを言います。

ごめんなさい、そしてあの時本当は嬉しかったです。帰国も出来ない状況で、アメリカであのアニメが見られるのは早くても半年後、出来ればみんなと語り合いたい！

でも、これも時代だから仕方ないと諦めています。それでは……秋山唯。

追伸・できれば手紙はユカにも見せてあげてください。きっと私と君を疑っているだろうから」

最後に、それだけ書かれている。母親らしい。

僕は溜息をついて、苦笑した。告白ゲームで傷ついた少女は、立派に今、立ち直っているのを理解した。

どこかホッとしている自分がいる……このアニメが完結してしまったことよ

り、そのことのほうが、嬉しい。

「これは、君のお母さんのものだけど、最後は君に渡すことを望んでる」

僕は、手紙を彼女に渡した。

ユカちゃんはその場で手紙を改めて、明るい表情になった。こちらを見る目が、胡散臭《うさんくさ》い存在を見る目つきから、晴れやかなものに変わるのが判る。

「そういうことなんだよ」

僕は微笑みかけた。

「君、この映画見たの？」

戸惑いながら、ユカちゃんは頷いた。

「見ました、あの、一作目から見てます！」

この新しい劇場版のことだろう。

「あの、この映画、お母さんが好きな映画だったから、私も好きです」

「よかった……僕も好きだった」

そう言って僕は笑った。

ちら、とユカちゃんは後ろを振り向いた。

ユカちゃんは友だちとこの映画に来ていたらしい。友だちが遠くから心配そうにこちらを見ている。

「あ、ごめんね、足止めしてしまって」

「あの、私、もう一回この映画見ようと思いますから、これで」

ぺこりと少女は頭を下げた。

「君たちは、君たちで楽しんでね」

そう言って僕はユカちゃんに手を振って別れを告げた。

ふと、待ち合わせをして、このアニメにまつわる母親の思い出を彼女と語るべきか、と考え、僕は頭を振った。

親みたいな世代の感想を聞かされるより、今、彼女たちに必要なのは同年代と思いを語り合うことだ。僕らにとって、そうだったように。

僕らにとって特別な作品だが、彼女たちにとってはどうなんだろう。

それだけに興味があった。でも、それを聞くのは野暮ってものだろう。

「さ、大人は大人同士で語らいましょうか！」

それを見て、仲間の一人が声を張り上げる。今の会話について、誰も詳細を問いただそうとはしなかった。僕が語りたければ語るだろう、ということだ。

仲間は、ありがたいな。そう思った。

「そうだね、今日は秋山さんのことも含めて話し合おうよ」

「いいのかよ」と三沢が訊ね、他の連中も同じことを言いたげな顔になる。

深水さんだけがほろ苦く笑っていた……彼女は色々知っているのだろう。黙ってくれているのも仲間だからだ。

ほろ苦く、僕は笑った。この連中になら何を話してもいい。そう思えた。

自分の失敗も、秋山さんへの思いも。

友だちと合流し、新しいチケットを表示しているのであろうスマホを片手に、真っ赤な絨毯を、再び場内へ去って行くユカちゃんの背中に、秋山さんの姿を重ね合わせようとする自分を、頭を振って追い出した。余りにもそれはチープに思えたからだ。

「さて、今夜は朝までコースだな」

笑って僕は手を叩《たた》いた。幸か不幸か、僕の妻もこのアニメが好きで、今頃別の劇場で見ているだろう……一緒に来られなかったのはここの劇場のチケットが取れなかったからだ。

果たして、興奮気味に妻からメッセージが来る。どうやら感想は同じらしい。

「なあ、うちのカミさんも仲間に加えていいか？」

誰も否《いな》と言わない。同年代だ。仲間だ。

僕らは清々しい気分で、25年目のケリを付けた思いで歩き出した。

踏みしめる絨毯が、もう青くないことを確かめながら。

閻魔大王によろしく

朝来みゆか

小児科の自動ドアが開くやいなや、勇飛《ゆうひ》は飛び出していった。後を追うように、かかとをズックに押し込んだ蒼輔《そうすけ》くんが走っていく。陽射しがまぶしい。

「車に気をつけるのよ！」

高須《たかす》さんが声を張り上げ、「男子は元気だねぇ、仔犬みたい」と美穂《みほ》さんが笑う。

「あ、タルト食べてもいいでしょ？　アプリのクーポンあるよ」

残ったのは美穂さんの娘の美知留《みちる》ちゃんだけ。もうスマホ持たせてるんだ。親に対する口調も表情も、勇飛と同い年とは思えないほど大人びている。

「じゃ、行きますか」

女性四人で一列になり、海沿いの通りを歩く。

砂浜に刺さったパラソルと、脱ぎ捨てられたビーチサンダルがさんさんと夏を受け止めている。今年も水着は着ないだろうな、海で遊んだのはいつが最後だったか、一緒に遊んでくれる友だちもいないけど……そんなことを考えているうちに、ファミレスに着いた。季節メニューの宣伝のぼりも、暑さにやられたようにげんなり垂れている。

「いらっしゃいませ。空いているお席へどうぞ」

「あー、涼しい。天国だ」

「ほんと。今日はまた特別暑くないですか」

「毎年そう言ってるよね」

小児科が併設された豪華な産院で、わたしたちは海の日に出産した。美穂さんは第一子女児を、高須さんは第二子男児、わたしは第一子男児を。

窓からの景色が評判の産院だったけれど、入院中は海なんて見る余裕はなかった。赤ん坊の世話をしながら痛みをやり過ごすのに精いっぱいだったのだ。食事はおいしく、看護師さんたちも常に笑顔で、てきぱきしていたのは憶えている。

退院時に連絡先を交換し、『海べビ会』というグループを作って、十一年。

子どもに予防接種を受けさせる度、集まって、育児の愚痴や悩みを打ち明けてきた。育児中心の生活で、美穂さんと高須さんという言葉の通じる大人と会えるのは嬉しかった。

「じゃじゃーん。こんなの作ってきちゃった。見て見て」

美穂さんが鞄から取り出したのは薄い冊子だった。ＣＤのブックレットのようなサイズで、表紙には美知留ちゃんの写真が印刷されている。

「え、何ですか、それ」

「業者に頼んだの？　すごいね」

高須さんとわたしが身を乗り出す。美知留ちゃんはすました顔でスマホをいじり、メロンソーダを飲んでいる。

「みんなの写真もあるよー。ほらこれ、退院の後、最初の予防接種のとき。九月」

「わぁ、小さい……！　わたしひどい顔してますね。最近記憶があやしくて、昔のことほとんど忘れてるんですよ。成長を形にして残すのは大事ですね」

そう言うと、高須さんはずり落ちた眼鏡をかけ直した。美穂さんがうなずく。

「子育てって、大変さも感動もどんどん更新されてくから、常に今しかないよね」

わたしはアイスミルクティーをテーブルに置いた。

「感動……いつ味わえるんだろう。相変わらず大変さだけが続いてる」

「勇飛くん今も暴れんの？　激しい？」

「うん。美知留ちゃん穂乃果《ほのか》ちゃんのかわいさの一ミリ、蒼輔くんの落ち着きの一かけらでも、うちのにあればなぁ」

「暴れ馬のまま、難しい年頃に突入か。勇飛くん不器用なんだよね。大人が『俺不器用なんで』とかほざいたら、開き直ってんじゃねーよって思うけど。おつかれ」

美穂さんが発した「おつかれ」がしみる。

幼稚園に上がる前あたりから、勇飛が蒼輔くんや美知留ちゃんに乱暴をするようになった。本当に申し訳なく、その度にわたしは勇飛の手足を押さえつけ、深く頭を下げた。

手のつけようのない勇飛の姿を目の当たりにして、美穂さんと高須さんは、千雪《ちゆき》さん大変だね、と寄り添ってくれた。集まるのはもうやめよう、とは言わなかった。

高須さんの悩みはうちと正反対で、蒼輔くんがいじめられがちということだった。強くなってほしいんです、願ってるのはそれだけです、と高須さんはつぶやいた。立場は違っても、わたしにもわかる願いだった。親としてはやはり、対人トラブルなく園生活、学校生活を送ってほしい。

子どもが大切で、かわいくて仕方ないんです。この年齢のまま止めてしまいたいです。高須さんはそうはっきりと口に出すし、美穂さんもあふれる愛情を隠さない。同じノリではいられないわたしのことも、二人は馬鹿にしたりしない。どこまでもお互いをいたわっていい、この会にはそんな空気があって、わたしは救われてきたのだ。感謝しかない。

フォトブックには、勇飛や蒼輔くんも登場していた。『M's MEMORY』とタイトルにあるとおり、メインは愛らしい美知留ちゃんで、途中からは妹の穂乃果ちゃんもきょとんとした表情で加わっている。

「ほんとかわいい。かわいさがハレーション起こしてる」

「ふふふ。一週間かけて、クラウドの大量の写真から厳選したよ」

「あー、いいなぁ。産む性別間違えた。せめて女の子だったら未来に希望を持てるんだけど。勇飛の下にもう一人産むとか絶対無理だし」

「高齢出産は確かに体力的に厳しいですね」

「蒼輔くんは？　いじめられた腹いせに、他の子の図工の作品壊したりしない？」

「それが、人づき合いがうまくなってきたみたいで、最近はいじめられないんです。クラスのリーダー的な子にかわいがられてるんですよ。学校楽しいって言ってます」

「おお、それはよかった。弟属性だ？」

「実際、弟ですからね」

そういえばさっき、と美穂さんが口を開いた。

「蒼輔くん泣いてなかったよね？　処置室から出てきたとき。初めて？」

「そうなんですよ。先生にもほめられて満足そうで。あの子も泣くのは不本意だったんですね。もちろん、いつかは泣かなくなると思ってましたけど、いざこうなってみると、毎回注射で泣いていた蒼輔にはもう二度と会えないんだなぁって、成長したのが嬉しいというよりさびしい」

美知留ちゃんが顔を上げ、ちらりと高須さんを見ると、またスマホに視線を落とす。近いよ、と美穂さんがたしなめる。注意しても暴力が返ってこない親子関係。いいな、理想だ。

ウェイトレスが運んできた料理を、美穂さんが銘々の前に動かしながら言った。

「お姉ちゃんは大学卒業したんだっけ？　蒼輔くんと一回り違うんだよね？」

「専門に二年通って、もう働いてるんですよ」

「いいね。親孝行だ」

ふっと、太陽が雲に隠れるように高須さんの顔に影が差した。美穂さんは気にしていないようで、今度はわたしに向き直った。

「他人が言うのもあれだけどさ、勇飛くんも階段上る日が来るよ。今は力貯めて、助走してんだよ、きっと」

「長すぎる助走でこっちは参ってるよ。菓子折り持ってお詫び行脚はつらい」

「本で読んだんだけど、こういう論文があるんだって。『母親は、子どもに去られるためにそこにいなければならない』。すごいタイトルだよね」

「去られるために」

「そう」

「ママが書いたわけじゃないでしょ」

美知留ちゃんのツッコミはさらりと無視して、美穂さんは続けた。

「いや、なんか深いなって思うじゃん。結局は出ていく存在だもんね、子どもって。子育ての最終目標が子どもを自立させることなら、ゴールするときは母親はいらない存在になるって意味だよ」

ちゃんとゴールに辿り着けるんだろうか。殺したり殺されたりするんじゃなくて、まっとうなゴールに。

わたしたちは黙々と食事を口に運んだ。

食べ終わると、高須さんはドリンクバーでコーヒーを注いで戻ってきた。

「お二人に聞きたいんですけど、へその緒ってどうしてます？」

「へその緒？」

「退院するとき、桐の箱に入れて渡されたじゃないですか。病院のロゴが入った箱」

「ああ、どっか行っちゃったなぁ。小さいし」

「え、やだ、しっかりしてよママ」

「うちは一応、引き出しに入れてる」

わたしが言うと、高須さんが弱々しく微笑んだ。

「実は母を亡くしまして」

「え、あの、施設に入ってるって言ってた……？　それは、大変だった、ね。いつ？」

「二ヶ月前です。家で看ていたわけじゃないので、体調を崩して病院に搬送された後に連絡が来て……年も年なので、そのまま施設には戻れず」

「お悔やみ申し上げます」

美穂さんに続いて、わたしも頭を下げた。

「ありがとうございます。ごめんなさい、湿っぽくなっちゃって」

「ううん」

「母の棺《ひつぎ》に、へその緒を入れたんですよ」

「え？　蒼輔くんの？」

「そんなわけないでしょ、千雪さんボケてる。あ、ボケてるとか言っちゃってごめん」

高須さんの母親は、認知症で施設に入所していたと聞いている。

「いえいえ、気にしないでください。あ、納棺で用意したのは、母がわたしを産んだときのへその緒です。ほんと古いものですよ。へその緒があれば、子を産んだ母として、地獄で閻魔《えんま》様に生前の罪を見逃してもらえるんだって前に言ってたのを思い出して、それが母の唯一の頼みだったんですよね……。実家の簞《たん》笥《す》から出してきました。勝手ばかりして、それまで何も親孝行できなかったから、最後に願いをかなえることができて、ほっとしています」

「閻魔様ねぇ……。そういう信仰があるの？」

「みたいですね。特に熱心な仏教徒だったわけでもないと思うんですけど」

「おつかれさま。高須さんが納得できたなら、よかったんじゃない？」

「ありがとうございます。あ、美知留ちゃん、ごめんなさいね、つまらない話を」

「そんなことないです」

黒い瞳を輝かせ、美知留ちゃんは高須さんに何やら尋ねた。スマホゲームよりもおもしろい話だとは思えないのだけど、何がツボに入ったんだろう。地獄とか閻魔とか、アニメで認識しているのかもしれない。

わたしの耳には、生前の罪という言葉の重さが残ったままだ。セイゼンノツミ。音は綺麗だけど、容赦のない響きがある。罪と罰。報いと赦《ゆる》し。釣り合う天秤。法律で裁かれることはなくても、してはいけないことをした罪悪感は誰もが抱えているに違いない。いわゆる黒歴史。それをチャラにしてもらえるなんて。使い道のないものだと思っていたへその緒が、一発逆転アイテムだったとは驚きだ。

陽が傾きかける頃、美知留ちゃんが見たいテレビがあると訴え、会はお開きになった。まだ暑い、日が長い、とお決まりの会話をつなぎながら駅へ向かう。

今日で最後だね、と誰が言い出すわけでもないけれど、高須さんも美穂さんも感じているだろう。『海べビ会』はもう終わりだと。

二種混合を打ち、今後は定期ワクチンの予定はない。わたしたちは、親の仕事を一つやり遂げた。

次の約束は、もうしない。


「ただいま」

「腹減った」

「あ、帰ってたんだ。ワッフル買ってきたよ。あ、その前にさ、……これこれ。これ何かわかる？」

「椎茸。芋虫」

「違うよ。わかんないか。ほら、へその緒だよ。あんたを産んだときの、へその緒」

ふん、と勇飛はあざけるように笑った。

「今更、母親面？」

「何よ、産んだのは確かなんだからね」

へその緒は、小箱の中に横たわったまま、かさりとも音を立てない。

黒っぽいそれは、確かに椎茸にも芋虫の死骸にも見える。煮出したくなる形状だ。漢方薬の材料と言われたら八割、九割の人が信じるだろう。

これを燃やしたのか。母親の亡骸《なきがら》に添えて。想像すると苦しい。

身内を骨と灰にする。今まで人だったものが、人の形じゃなくなる。

わたしは小箱を元の引き出しにしまった。

「どうして見せたかっていうと、高須さんから聞いたんだよ。出産した女の人は、地獄に行ったときに、これを持ってると見逃してもらえるんだって。先々月、高須さんのお母さんが亡くなったそうなんだけど、へその緒を棺に入れてほしいっていうのが生前の頼みだったから、かなえてあげたんだって。生きるか死ぬかの場面では、迷信って案外役に立つものみたいだよ」

勇飛はうんともすんとも言わない。一応、こちらの声は届いているようだ。

「わたしが先に死んだら……まぁ順番からいくとほぼ間違いなくそうなるから、頼むね。そこの引き出しだから、お棺に入れて。桐の箱ごと」

「地獄行き前提で話してるのが笑える」

「え、わたし天国に行ける？」

「へその緒があったって無理」

「じゃ、今のうちに誰かを助けたり、もっといいことしておこう。血の池とか針の山の刑期を少しでも短くしてもらえたらラッキーだし」

勇飛は肩をすくめた。

「いずれにしても、男は不利だね。這い上がる道がない」

「代わりに賄賂《わいろ》を持っていけばいいんじゃない」

「あれだろ、蜘蛛《くも》を殺さなければいいって話。とりま、閻魔大王によろしく。俺もいずれ行くし」

人間はときに自分でも信じられない行動をする。わたしの腕は勇飛の胴を包み、抱き締めていた。つむじがわたしの鼻先くらいの高さにある。

この子が死んでくれたらどんなに楽だろうと、ずっと思っていた。

この子さえいなければ。目の前から消えてくれれば楽になる。わたしはわたしの人生を取り戻せる。

でも、地獄に落ちても、親子なのだ。閻魔大王の前で、わたしと勇飛は親子です、と打ち明けるのだ。産み落とし、衣食住を与える以外に何もできませんでしたが、よろしくお願いします、後から来る息子の罪をどうか軽くしてやってください、と。

きっと高須さんの母親は地獄から天国にルート変更できただろう。高須さんも大丈夫、間違いなく天国行きだ。わたしとは違う善良な人たち。

ああ、今日は疲れたな。久々にいろんな話を聞いて、胸がいっぱいになった。だけど、もっと話したい。聞いてほしい。うちの馬鹿息子が言ったことも、全部。

涼しくなったら、子どもの用事抜きで会うのはどうですかね。美穂さんと高須さんを誘う言葉を、頭の中で組み立ててみる。

思い出の中のガキ大将

国沢裕

「へえ。小学校時代の同窓会のお知らせか。今は大学二年で二十歳《はたち》だろう？　八年ぶりかあ。みんな変わっているかな？　行くんだろう？」

「どうしようかな……。行くかどうか、迷ってるんだけれど」

「なんで？　アルコールが飲める年になったし、盛りあがるんじゃないか？」

大学の学食でうどんを食べながら、同じゼミの小山《こやま》が首をかしげた。向かいあって、小山と同じうどんを前にした中林寿弥《なかばやしとしや》は、小さくため息をつく。

「小学生のころ、おれの父親は転勤族だったんだ。だから、おれも転校ばかりでさ。なかなか友だちもできなかったし。この同窓会のはがきを送ってきたところは、おれが六年生になったころから卒業までいた学校なんだ」

「あ〜。転校の繰り返しは、小学生には酷だよな」

「うん。だから、その小学校にいたのも一年くらいだし、あんまり懐かしい友だちってのもいないんだよな」

「でもさ、だからこそ行ってみたら、楽しい思い出がよみがえるかもよ？」

常日頃からポジティブな小山は、笑いながら言った。

「そうかな。そういうものかな……」

つぶやきながら、寿弥は、往復はがきに記された日付を確認した。

開催日は三月後半の土曜の夕方となっている。就職をしている人なら休みを取りやすい曜日と時間帯、大学生なら春休み、短大なら就職前の休みを想定しているようだ。

同窓会の幹事は、寿弥が唯一引っ越し先を教えた友人、旭《あさひ》だった。記憶の中で、眼鏡《めがね》をかけたひょろりとした体躯の少年が浮かんでくる。六年生の春に転入して、中学にあがる前の春休みに父親の転勤で他県へ引っ越した寿弥は、小学校のクラスメイトとは卒業以来、誰にも会っていない。

じつは、小学校卒業の年は、寿弥にとって懐かしい思い出どころか、あまりいい記憶がない。その小学校で寿弥は、ガキ大将に目をつけられてしまい、彼にまつわる腹立たしい感情しか湧かないからだ。卒業アルバムの六年生のクラス写真に寿弥は写っているが、五年生までの行事の思い出は当然ない。

結局、卒業アルバムも見たくなくて、引っ越しをしたときに段ボールに入れたまま、押し入れの中だ。この八年間、一度も開いて見返していない。

都心から離れた自然を残す土地で、全校の生徒を合わせても四百人足らずの小学校だった。一学年は六十人ほどで、二クラスに分けられていた。

転校慣れをしていた六年生の寿弥は、ここでも親しい友人をつくるつもりはなかった。どうせ来年には、またこの地を離れるだろう。低学年のころは、友だちと別れたくないと泣いた。だが、今はもう、諦めに近い気持ちで、友だちとはほどほどの距離を保って過ごそうと決めていた。

そんな寿弥の態度が、すかしたように見えたのだろうか。転校初日から、この学年のガキ大将に目をつけられた。

「寿弥、今日からおまえは、おれの子分だからな。みんなもわかったか！」

一方的に宣言され、寿弥は不本意ながらガキ大将のグループに入れられた。

クラスメイトはガキ大将のことを表面上、大将と呼んでいた。学年で一番体格がよく力も強い。表情豊かで、とくに睨《にら》みつける目に凄《すご》みがあった。窓ガラスがびりびりするくらい怒鳴り声が大きく、逆らえない威圧感があった。

寿弥は、ほかの下っ端と一緒に、彼の手足となって使いっ走りにされた。

また、寿弥の言葉の微妙なアクセントに対しても、ガキ大将からケチをつけられた。しつこくイントネーションをなおされて、クラスメイトの使う方言が理解できないたびに、ガキ大将に囃《はや》し立てられた。

「寿弥、その言葉は気障《きざ》ったらしくて耳障りだから、もう使うんじゃねーぞ。それになんだよ、逆にこの言葉を知らねーのかよ。ははっ！　ほら、誰か、こいつに意味と使い方を教えてやれよ！　話が通じなくてしらけるわ！」

ただ、寿弥はガキ大将から、こづかいをまきあげられることはなかった。自然の豊かな土地だったせいか、こづかいを使うよりも、川へ魚をつかみ取りに行ったり、野山を駆けまわって木登りを競う遊びがほとんどだった。

当然のように、ガキ大将は寿弥を連れまわしたが、それらの遊びも、屋内へ引きこもり気味の寿弥にとっては、ついていくのがこの上なく辛かった。

そんなガキ大将のグループに入れられていたせいだろうか、近所のガラの悪そうな中学生に、寿弥は指をさされ、なにやらひそひそ話をされたことがあった。あのときは本当に怖くて、生きた心地がしなかった。顔を伏せて、急いで逃げ帰ったこともある。

どうしてガキ大将の命令で、彼について回らなければならないのか。ガキ大将の悪名に巻きこまれた気がして、とても不条理に思ったものだ。

そういえば、寿弥がガキ大将に絡まれると、決まって旭が、かばってくれていた。方言の意味やイントネーションを教えてくれたのも旭だ。日直に当たったガキ大将の代わりに、黒板消しで黒板をきれいに消す仕事も、旭は寿弥に声をかけながら、反対側から消してくれた。木登りが下手過ぎる寿弥に登るコツや、川魚の捕まえ方を教えてくれたのも彼だった。

あのころから、旭は面倒見がよかったなと、寿弥はぼんやり思いだす。

寿弥は中学に進学する春休みに、その土地を離れた。

高校に通うようになると、父親だけ単身赴任になった。定住生活になった寿弥は、ようやく友だちとの距離を近づけた。大学で同じゼミをとっている小山は、高校のときに入った写真部で出会った。今でも大学の休みを利用して、ふたりで風景写真を撮りにいく仲だ。

そんな寿弥が転校を繰り返していた小学校時代を振り返るたびに、真っ先に思いだすのは、あのガキ大将のことだった。監視され、ずっとガキ大将に抑えこまれていたような一年間。思いだすだけで、寿弥は息苦しくなる。

この腹立たしいようなもやもやとした気持ちは、ずっと寿弥の胸の奥でくすぶり続けている。

――あれから八年。自分もガキ大将も、大人になったはずだ。

このタイミングで、直接ガキ大将に会って、この割り切れない感情に区切りをつけたほうがいいのではなかろうか。

学食のうどんを食べ終えた寿弥は、はがきに視線を落とすと、決心したように言った。

「同窓会、行ってみるよ」

「おお、そうか」

小山は、うどんの出汁《だし》を飲み干すと、ニッとした笑みを寿弥へ向けた。

「楽しんでこいよ」

「うん。そうする」

うなずいた寿弥は、その場で出席の文字に、丸印をつけた。


はがきによると、同窓会は駅前の文化会館の一室を借りて催されるようだ。都心から離れた土地で、小学生のころは不便だと感じた場所でも、大学生になった今では、それほど遠い土地ではなかった。

同窓会のはがきと財布、そしていつも持ち歩いている一眼レフカメラが入ったかばんを持つ。カジュアルな服装で、と書いてあったので、寿弥は堅苦しくない服装で早々と会場に到着した。大勢のほかのクラスメイトが集まる前に、唯一親しいと呼べる旭に会いたかったからだ。

階段をのぼって文化会館の二階に着くと、会場の扉の前に長机が置かれていた。その机の上に名札を丁寧に並べている、昔の面影のある男性がひとり。

「旭」

寿弥の呼びかけに、彼はパッと顔をあげる。そして、たちまち嬉しそうに破顔した。

「寿弥だろ？　久しぶり！　全然変わってないから、すぐにわかったよ」

「うん。旭も変わっていないね」

ホッとした寿弥は、照れたように笑顔を見せながら近づいた。

眼鏡をかけていて、ひょろりとした高い身長も昔のままだ。旭は、近寄ってきた寿弥に、机から取りあげた名札を手渡した。

「寿弥が一番乗りだよ。女子のほうのまとめ役は今、会場で、届いたケータリングの料理を並べてくれているよ」

「そうなんだ。今日はどのくらい、集まる予定なの？」

「ほとんど出席なんだ。六年のときの担任ふたりを合わせて五十五人。幹事としては嬉しいね」

満面の笑みで旭は答えた。その言葉に、寿弥はドキリとする。そして、周りには誰もいなかったが、旭に顔を寄せ、耳打ちするように小声で訊《たず》ねた。

「旭、えっと、大将は出席なんだよね？　おれは八年のブランクがあるんだけれど。彼は、どんな感じなのかな？　今でもガキ大将みたいなの？」

「ああ、大将ね。残念なことに、彼は今回、欠席なんだ」

「え？」

欠席と聞いた寿弥は、拍子抜けした。

ガキ大将は、こういう集まりや祭りごとが好きだった印象がある。いの一番に飛びつきそうなのに、その彼が、同窓会を欠席とは。

不思議そうな寿弥の表情を読んだのだろう。旭は言葉を続けた。

「彼は、小学校時代から勉強嫌いだったからなあ。中学を卒業してから、そのまま夢を探しに海外へ出たんだ」

「え？　海外？　勉強が嫌いで？　言葉なんてどうするの？」

「それはジェスチャーじゃないかな？」

旭は、苦笑するような表情になる。

「なんでも体当たりタイプだったし。彼には、できると思ったらやり遂げる、自信と度胸があったから。今は向こうで会社を興しているそうだよ。忙しくしていて、同窓会のために日本へ戻ってくることができなかったって」

「へえ、そうなんだ……」

旭の話を聞いていると、ガキ大将気質《きしつ》は変わっていないようだと、寿弥は感じた。周りを引き寄せ、上に立っていくところはそのままらしい。

この同窓会で、ガキ大将と顔を合わせることがない。寿弥は、残念であるような、ホッとしたような、複雑な気持ちになる。

そんな寿弥の感情に気づかない旭は、言葉を続けた。

「大将は、誰よりもすごく寿弥に会いたがっていたよ。一年間しか、一緒に過ごせなかったせいもあるかな。春休みの引っ越しで、あのときはちゃんとしたお別れもできなかったしね」

「え？　なんで？　どうして大将は、おれに会いたがるの？」

驚いた寿弥は、訝《いぶか》しげに聞き返す。

「八年も経つのに……。大将は、まだおれをいじめたいのかな……」

「え？　なんだよ寿弥。きみって大将にいじめられてたって思ってたの？」

意外そうに目を丸くして、旭は寿弥を見る。そんな旭に、寿弥は言った。

「だってさ、転校初日に手下宣言だぞ？　そのあとずっと、使いっ走りで」

すると旭は、当時を懐かしむように目を細めた。

「ああ、そうだったよね。でもあれって、小学校の卒業学年に転校してきたきみが、クラスにとけこみにくいと思って自分のグループに入れて、みんなと交流しやすくしたんだと思うよ。寿弥は自分の仲間だと彼が宣言することで、よそ者じゃないって公言したんだ」

「え？　そんなこと……。あ、それにおれ、イントネーションとかも、ずいぶん大将にからかわれたし」

旭は、ああ、そういえば、と思いだしたように続ける。

「あのとき、きみのイントネーションが地元の発音と違うからって、近所の中学生に目をつけられていたんだよ。大将は睨みをきかせながら、きみの都会的なイントネーションを、できるだけ目立たせないようにって気にかけていたよ。自分は教えるのが苦手だから、ぼくに教えておけって」

「ええ？　ああ、あれ。そういうことがあったんだ……」

中学生から目をつけられていたのは、ガキ大将と一緒にいるせいだと、寿弥は誤解していた。それは、まったく逆だったのか。そんな理由があったのか。

「転校を繰り返していたきみは、ぼくらと同じ中学校に行かなかっただろう？　大将は中学に入ってからも、いろんな土地に行っていろんな体験をしているきみのことを、思いだしたように話題にしていたよ。中学を卒業してから海外に飛びだした彼は、少なからず、そんなきみの影響を受けたんだと思うな」

そこまで聞いた寿弥は、自分の思いこみを反省した。

むしろガキ大将に影響を受けていたのは、自分のほうだ。

受験勉強でも、なにかの壁にぶつかっても、彼のことを思いだすだけで、寿弥は言い表せない悔しさを覚えた。同時に、いつか見返してやるといった、沸々とした闘志が湧いていた。考えようによっては、認めたくないが、ガキ大将のおかげで乗り越えてきたところもあった。

目先の感情だけで、ガキ大将という人物を誤解していたようだ。小学生だった自分は、考えが足りなかった。

急に、旭が思いだしたように、長机の後ろに置いてあった自分のかばんを引き寄せた。そして、中から、ゴムで束ねたはがきを取り出し、一枚選んで抜きだすと、寿弥へ差しだした。

受け取った寿弥は、はがきに視線を向ける。それは、外国の街並みの写真が使われた絵はがきだった。

「これは……」

寿弥がひっくり返すと、そこには、寿弥へ、という宛名とともに、手書きの大きな文字が、所狭しとびっしり書かれていた。

旭は、寿弥の手もとをのぞきこみながら言った。

「同窓会に参加できない彼は、みんなに渡してほしいって、全員分の絵はがきを送ってきたんだ」

「え？　おれにも？」

「もちろん。彼は、面倒見のいいガキ大将だったと思うよ」

その言葉を聞きながら、寿弥は、気持ちいいほどの力強さを持った、豪快な文字を目で追った。

寿弥へ。きみとは一年間しか一緒にいられなかった。もっといろいろ話をしたかったし、思い出も作りたかった。いつかおれが日本に戻ったときは、絶対に会おう。一緒に飲もう。約束だ！

「――旭」

文章の最後には、海の向こうにいるガキ大将の住所と名前が記されていた。

絵はがきを大切にかばんにしまった寿弥は、代わりにカメラを取りだした。

「おれ、この同窓会のみんなの写真を撮る係をしても、いいかな？　みんなの写真を撮って、大将に送りたいんだ」

「ああ、いいね！　ぼくが自分でカメラ係もしようって思っていたんだけれど、寿弥が引き受けてくれたら助かるよ」

旭が快諾したとき、階段からざわめきとともにクラスメイトが姿を見せた。

寿弥は急いで長机の向こう側にまわる。旭の隣に並ぶと、カメラを構えた。

そして、ファインダーをのぞきこみながら、この同窓会のあと、卒業アルバムを探しだして開こうと考えた。

——写真の中で豪快に笑っているであろう、不器用で友だち思いの我らがガキ大将に。八年ぶりに、おれは無性に会いたい。

この物語はフィクションです。
実在の人物、団体等とは一切関係がありません。
本作は、書き下ろしです。

PROFILE 著者プロフィール

違う窓から来た男

杉背よい

著書に『あやかしだらけの託児所で働くことになりました』(マイナビ出版ファン文庫)、『まじかるホロスコープ☆こちら天文部キューピッド係』(KADOKAWA)など。石上加奈子名義で脚本家としても活動中。

同窓会であった泣ける話

鳩見すた

第21回電撃小説大賞《大賞》を受賞しデビュー。著書に『ひとつ海のパラスアテナ』(電撃文庫)、『アリクイのいんぼう』(メディアワークス文庫)、『こぐまねこ軒』(マイナビ出版ファン文庫)など。

仮面同窓会へようこそ

編乃肌

石川県出身。第2回お仕事小説コン特別賞受賞作『花屋ゆめゆめで不思議な花束を』(マイナビ出版ファン文庫)でデビュー。『ウソつき夫婦のあやかし婚姻事情　旦那さまは最強の天邪鬼!?』(スターツ出版)など。

裏切りの同窓会

桔梗楓

恋愛小説を中心に執筆。趣味はコンシューマーゲームとレジン制作。著書に『河童の懸場帖東京「物の怪」訪問録』(マイナビ出版ファン文庫)、『京都北嵯峨シニガミ貸本屋』(双葉文庫)ほか。

旧姓

溝口智子

福岡県出身・在住。博多のとんこつラーメンがソウルフード。小学校高学年で世の中にとんこつ以外のラーメンがあることを初めて知り、衝撃を受ける。最近、近所に醤油ラーメン専門店が二軒でき、それも衝撃。

ラパンのお茶会で逢いましょう

矢凪

千葉県出身。ナスをこよなく愛すフリーライター。『茄子神様とおいしいレシピ』が「第回お仕事小説コン」で優秀賞を受賞し書籍化。柳雪花名義の著書に『幼獣マメシバ』『犬のおまわりさん』(竹書房刊)がある。

草を結ぶ

遠原嘉乃

大阪府出身。『騎士団付属のカフェテリアは、夜間営業をしておりません。』、『化けてます―こだぬき、落語家修行中―』（ともに双葉文庫）、『七まちの刃―堺庖丁ものがたり―』（マイナビ出版ファン文庫）を刊行。

愛沢つばめの秘密

田井ノエル

愛媛県在住。執筆のおともは「うまぴょい伝説」。第六回ネット小説大賞を受賞しデビュー。著書に『道後温泉湯築屋』シリーズ（双葉文庫）、『大阪マダム、後宮妃になる!』シリーズ（小学館文庫キャラブン!）などがある。

おもいでたどり

日野裕太郎

東京都葛飾区在住。家でもおもてでも、猫を見かけるとそのあとを追って歩いています。著作は『夜に誘うもの』（徳間文庫）など。日野裕太郎・日野さつき名義を使い、現在恋愛小説を中心に活動中。

青い絨毯と赤い絨毯

神野オキナ

沖縄県出身在住。主な著書に『カミカゼの邦』『警察庁私設特務部隊KUDAN』（徳間文庫）『（宵闇）は誘う』（LINE文庫）『タロット・ナイト』（双葉社）など。最新刊に『国防特行班E510』（小学館）。

閻魔大王によろしく

朝来みゆか

2013年から、大人の女性向け恋愛小説を中心に活動中。富士見L文庫にも著作あり。ペンネームは朝型人間っぽいですが、現実は毎朝ぎりぎり。玄関を出てから忘れ物に気づくのはもう卒業したいです。

思い出の中のガキ大将

国沢裕

5月24日生。神戸在住。日本心理学会認定心理士。拳法有段者。懸賞マニア。『魔女ラーラと私とハーブティー』『迷宮のキャンバス』（ともにマイナビ出版ファン文庫）のほか、恋愛小説も多数執筆。読書と柑橘類と紅茶が好き。

ファン文庫 TeaRS

同窓会であった泣ける話

2021年7月31日　初版第1刷発行

著　者　杉背よい／鳩見すた／編乃肌／桔梗楓／溝口智子／矢凪／遠原嘉乃／田井ノエル／日野裕太郎／神野オキナ／朝来みゆか／国沢裕

発行者　滝口直樹

編集　ファン文庫Tears編集部、株式会社イマーゴ

発行所　株式会社マイナビ出版

〒101-0003　東京都千代田区一ツ橋二丁目6番3号 一ツ橋ビル　2F
TEL　0480-38-6872（注文専用ダイヤル）
TEL　03-3556-2731（販売部）
TEL　03-3556-2735（編集部）
URL　https://book.mynavi.jp/

イラスト　sassa

装　幀　坂井正規

フォーマット　ベイブリッジ・スタジオ

DTP　田辺一美（マイナビ出版）

印刷・製本　中央精版印刷株式会社

ファン文庫 TearS

東京駅・大阪駅であった泣ける話

著者／朝比奈歩・ひらび久美・桔梗楓 ほか
イラスト／sassa

あなたが最後に泣いたのは、
いつだったか覚えていますか？

再会の場所、お別れの場所。
東京駅・大阪駅での一場面が、
人生の分岐点に。